Uwe Spannhake

Der Klang des Grammophons
Roman

AF191722

©Arne von Brill

*Der Autor lebt in Verden (Aller),
einer Kleinstadt in Norddeutschland in der Nähe von
Bremen.*

*Nach seinem 2017 veröffentlichten Buch „Aus dem
Leben", das sieben Erzählungen enthält, ist dies nun sein
erster Roman.*

Uwe Spannhake

Der Klang des Grammophons

Roman

Für Claudia

und natürlich für meine erwachsenen Kinder.

Bibliografische Information der Deutschen
Nationalbibliothek:
Die Deutsche Nationalbibliothek verzeichnet diese
Publikation in der Deutschen Nationalbibliografie;
detaillierte bibliografische Daten sind im Internet über
http://dnb.dnb.de abrufbar.

Titelfoto (privat): „Dünen bei Blåvand (Skallingen)"

Umschlaggestaltung: Heike Vullmer

Herstellung und Verlag: BoD – Books on Demand,
Norderstedt

ISBN: 978-3-7568-5628-2

Inhalt

Prolog

Gefror´ne Tränen

Gefror´ne Tropfen fallen
von meinen Wangen ab:
Ob es mir denn entgangen,
daß ich geweinet hab´?

Ei Tränen, meine Tränen,
und seid ihr gar so lau,
daß ihr erstarrt zu Eise
wie kühler Morgentau?

Und dringt doch aus der Quelle
der Brust so glühend heiß,
als wolltet ihr zerschmelzen
des ganzen Winters Eis!

Aus:
„*Die Winterreise*" von Wilhelm Müller (1794 – 1827)

1828 vertont von Franz Schubert (1797 – 1828) im Liederzyklus „*Winterreise*"

Teil I

„Junge Frau mit Kinderwagen im Lager Oksböl"
(„*Flygtningepige med barnevogn i Oksbøllejren*")
Blåvandshuk lokalhistoriske Arkiv

*Eine Krähe war mit mir
aus der Stadt gezogen,
ist bis heute für und für
um mein Haupt geflogen.*

*Krähe, wunderliches Tier,
willst mich nicht verlassen?
Meinst wohl, bald als Beute hier
meinen Leib zu fassen?*

(´*Die Krähe*` aus „Die Winterreise", ohne dritte Strophe)

Juni 1945
Flüchtlingslager Oksböl (Dänemark, nordwestlich von Esbjerg, nahe Blåvand)

Als Hans sich erschöpft auf den schmalen Stuhl in der Baracke fallen ließ, erinnerte er plötzlich das Holz-schild am Eingangstor des Lagers- „Flygtningelejren" hatte er mit leiser Stimme gelesen. In der großen Menge der ankommenden und aufgeregten Menschen hörte das niemand. Was würde ihn hier erwarten?

Die Flucht aus Ostpreußen, eingeengt an Bord der „Jupiter" sieben Tage auf der Ostsee- im Zickzackkurs wegen der Fliegerangriffe, ein Schiff in ihrer unmittelbaren Nähe wurde schwer getroffen und sank- die Ausschiffung in Kopenhagen, Aufenthalte in einer Turnhalle, unruhiger Schlaf auf dem Boden eines leer geräumten Restaurants, nun endlich am Ziel, vorerst. Eines Tages würde er gerne nach Deutschland zurückkehren.

Doch ob oder wann dieser Wunsch in Erfüllung gehen konnte, war völlig unklar. Die alliierten Besatzungs-mächte in Deutschland hatten eine Übersiedlung strikt untersagt, da man mit der Versorgung von Kriegs-gefangenen und der Organisation eines Alltags für die deutsche Zivilbevölkerung genug zu tun hatte.

Dieses Lager, diese Baracken aus Holzlatten mit den kleinen Fenstern, bildeten nun seine Heimat wie für Tausende andere Flüchtlinge auch. Heimat in einem mit Stacheldraht eingezäunten und bewachten Dorf, errichtet auf Dünensand, begrenzt durch das offene

Meer im Westen und ein großes Heidegebiet mit Kiefernwald im Osten.

Heimat in einem Lager mit einer Schule für die zahlreichen Kinder, einer Kirche, einer Krankenstation, einer Apotheke, Werkstätten, einem großen Saal für Theater und Orchester, einer Bücherei mit Buchbinderei, Schafhaltung, Schlachterei und Tabakanbau. Sogar eine eigene Gerichtsbarkeit und ein eigenes Parlament wurden den deutschen Flüchtlingen zugestanden.

Bei seiner Ankunft hatte Hans auch die Eisenbahngleise gesehen, Tausende Brote und Hunderte Schweinehälften für die Versorgung durch die Gemeinschaftsküchen wurden gerade angeliefert. Er brauchte nicht länger zu hungern und hatte ein sicheres Dach über dem Kopf.

„Hans, komm raus, du kannst bei uns mitessen", hörte er die Frau aus der Nachbarsfamilie, Martha, rufen. Hans näherte sich zögerlich der kleinen Feuerstelle, die sich die Familie direkt vor der Baracke eingerichtet hatte. „Doch wirklich, komm nur, wir haben eine gute Fleischration bekommen, setz dich zu uns auf die Bank!"

Es war einer der ersten warmen Sommerabende, schön, draußen sitzen zu können. Die drei Kinder- Hans schätzte ihr Alter auf drei, fünf und vielleicht sieben Jahre, die beiden Jungen mit strohblonden Haaren, die Älteste mit rötlichem Haar- beäugten ihn aufmerksam, sprachen kein Wort. Ihr Vater schaltete sich ein: „Das ist unser neuer Nachbar, Hans Seidel, steht auf, gebt ihm die Hand zur Begrüßung." Hans glaubte eine gewisse Neugier in ihren Blicken zu entdecken, als sie ihm schüchtern die Hand reichten- Fritz, Heinrich und Elfi, die Eltern Walter und Martha. Beim Essen wurde nicht viel geredet. Hans erfuhr, dass sich die beiden Jungen im Kindergarten des Lagers wohl fühlten, das Mädchen tatsächlich schon zur Schule ging und die Familie zwei Monate vor ihm angekommen war. „Hans, wir haben die offizielle Übernahme des Lagers durch die Dänen am 1. Juni miterlebt", erzählte Walter. „Dieses Gelände mit allen Einrichtungen war ja ab 1941 ein national-sozialistisches Militärlager als Teil des Atlantikwalls, Adolf Hitler selbst hat im Februar noch angeordnet, dass deutsche Flüchtlinge aus den Ostgebieten hier untergebracht werden sollen. Und das wurde nach der Kapitulation fortgesetzt."

Hans verabschiedete sich nachdenklich bald nach dem Essen, jedoch nicht ohne sich herzlich für die Einladung und das Essen zu bedanken. Im Weggehen sah er beim nächsten Barackenblock Männer Pfeife rauchend beim Kartenspiel, Wäsche flatterte an den zwischen den Baracken gespannten Leinen und weiter hinten ließen Kinder einen Drachen steigen. Der Krieg war vorbei.

Hans schaute von der Tür aus auf sein schmales Bett, daneben ein Stuhl, ein kleiner Holztisch, ein Kleiderschrank, am Tisch ein zweiter Stuhl. In der anderen Ecke ein niedriges Regal, darin nur zwei Bücher und einzelne Schellackplatten, schräg neben dem Fenster auf dem Boden ein Grammophon. Eine dünne Staubschicht hatte sich darübergelegt. Ein

Grammophon gehörte sicherlich nicht zum üblichen Inventar. Hans vermutete, dass der Vorbewohner die Gegenstände zurückgelassen hatte, zurücklassen musste. Dafür sprach auch, dass auf dem Kleiderschrank eine Mappe mit zahlreichen Blättern lag, auf den ersten Blick schienen es Briefe zu sein, Hans beachtete sie nicht weiter.

Gespannt nahm er die Bücher in die Hand, Stefan Zweig „Zeit und Welt. Gesammelte Aufsätze und Vorträge 1904 – 1940" und von Erich Maria Remarque „Im Westen nichts Neues". Darin las er die Inschrift: „Dieses Buch soll weder eine Anklage noch ein Bekenntnis sein. Es soll nur den Versuch machen, über eine Generation zu berichten, die vom Kriege zerstört wurde – auch wenn sie seinen Granaten entkam."
Ja, auch er hatte Glück gehabt, war den Granaten des zweiten Weltkriegs entkommen.

Die Schellackplatten, so entnahm es Hans den Hüllen, gehörten zu einem Liederzyklus mit dem Titel „Die Winterreise", gesungen von Gerhard Hüsch, am Flügel begleitet von Hanns Udo Müller.

Er zog eine Platte aus der Hülle und legte sie auf das Grammophon. Vorsichtig ließ er die Nadel auf die Platte sinken. Die Baritonstimme von Hüsch erfüllte den kleinen Raum, doch Hans faszinierte der Text noch mehr.

„Fremd bin ich eingezogen,
fremd zieh ich wieder aus.
Der Mai war mir gewogen

mit manchem Blumenstrauß.
Das Mädchen sprach von Liebe,
die Mutter gar von Eh´ -
nun ist die Welt so trübe,
der Weg gehüllt in Schnee.

Ich kann zu meiner Reisen
nicht wählen mit der Zeit,
muß selbst den Weg mir weisen
in dieser Dunkelheit.
Es zieht ein Mondenschatten
als mein Gefährte mit,
und auf den weißen Matten
such´ ich des Wildes Tritt."

Liv war müde vom langen Arbeitstag im Hospital, das sich in einem der wenigen Bauten aus Klinkersteinen befand. Es gab darin sogar einen Operationssaal und eine große Apotheke, auch Zahnarztbehandlungen konnten stattfinden. Sie freute sich auf ihr Zuhause in Blåvand, auf ihre Eltern, ging rasch hinaus aus dem Lager. Morgen früh würde sie wieder problemlos das bewachte Eingangstor passieren, die dänischen Soldaten verlangten schon lange nicht mehr ihren Ausweis. Mit ihr kamen nur sehr wenige junge Däninnen morgens ins Lager, sie durften ausschließlich in der Krankenstation arbeiten und auch nur, weil zurzeit ein Mangel an deutschen Krankenschwestern im Lager vorherrschte. Es wurde ihnen beim Antritt der Stelle ein Fraternisierungsverbot eingeschärft, keine näheren Kontakte zu den Deutschen. Das hatte Liv ohne große Regung hingenommen, warum sollte sie

Kontakte anstreben? Sie war doch glücklich, jeden Abend dieses Gelände mit den Baracken wieder verlassen zu dürfen. Und im nächsten Jahr, mit 21, wollte sie eine eigene Wohnung haben, auf eigenen Füßen stehen. Allerdings hörte sie die deutsche Sprache gerne, ihre Mutter stammte aus dem deutsch-dänischen Grenzgebiet. Das war bei ihrer Arbeit hier von Vorteil.

Oktober 2015
Verden (Aller), Niedersachsen

„Hier Karsten Wagner...", Karsten stockte kurz, dann sprach er weiter ins Telefon, „Anne, ich hoffe, Sie haben meine Dankeskarte erhalten." Mit diesem Anruf hatte Anne nicht gerechnet, aber sie freute sich sehr. „Ja, vielen Dank, ich bin nur in den letzten Tagen gar nicht dazu gekommen, mich dafür zu bedanken." „Ach, das ist nicht wichtig. Ich rufe an, weil mich Ihr Besuch letzte Woche sehr beschäftigt hat, verständlicher-weise. Sie und Lou, Sie haben meine Geschichte vor dreißig Jahren in mir hervorgeholt und mich dazu gebracht, neben dem Schmerzhaften auch die schönen Erinnerungen wieder zuzulassen. Dafür danke ich Ihnen und Lou, dafür habe ich die Karte geschrieben. Aber ich habe noch eine Frage: Könnten Sie sich vorstellen, mir bei einer Suche zu helfen?"

Anne pochte das Herz. Wollte sich der alte Herr, Karsten Wagner, weiter mit seiner persönlichen Geschichte befassen, die er ihnen bei dem Besuch erzählt hatte? Die Geschichte seiner großen Liebe zu Marie-Luise in den achtziger Jahren- Marie-Luise aus Ostberlin- und dem tragischen Ende bei ihrem Fluchtversuch? „Ja, Herr Wagner, ich könnte Sie gerne unterstützen. Mit meiner Bachelorarbeit bin ich nahezu fertig, ich hätte also Zeit, worum geht es denn?"

Nachdem Anne von Karsten Wagners Plänen gehört hatte, sich auf die Suche nach Marie-Luises Familie zu machen, zu der er seit der Trauerfeier 1987 keinerlei Kontakt mehr hatte, sagte sie ihre Hilfe zu. Beide verabredeten sich für die kommende Woche auf ein

Kaffeetrinken in Wagners Haus am Eisseler See, um Näheres zu besprechen.

Karsten Wagner stand nach dem Telefonat noch lange am Fenster und blickte auf den See. Die Bilder der vergangenen Wochen zogen an ihm vorbei- Anne, die junge Frau, die jeden Morgen mit dem Rad hier auftauchte und im See schwamm, die ihn dabei so sehr an Marie-Luise erinnerte, Marie-Luise schwimmend im Kleinen Müggelsee oder im Balaton bei den kurzen gemeinsamen Urlauben, die ihnen möglich waren.

So viele Bilder, auch weiter zurückliegende, das zufällige Zusammentreffen mit Marie-Luise in Ost-berlin, als er für einen Tag im ehemaligen Ostsektor herumbummelte, das zwangsumgetauschte restliche Geld im Restaurant ausgeben wollte und von ihr bedient wurde. Für ihn war es Liebe auf den ersten Blick. Und für sie wohl auch. Er kam am nächsten Tag schon wieder „rüber", von West- nach Ostberlin, sie trafen sich nach ihrem Dienstende am Alex, es fügte sich alles. Ein Vierteljahr später ihr erster Urlaub im Zelt am Balaton-See in Ungarn. Dahin konnte sie reisen. Als sie ihm ins Ohr flüsterte „so ein zärtlicher Liebhaber", gestand er, dass sie die erste Frau in seinem Leben war. Sie lachte auf, drückte sich fest an ihn. Er war gerade zweiundvierzig geworden. Und nach Marie-Luise hatte es auch nie wieder eine Frau in seinem Leben gegeben.

Wie sehr hatten sie sich schon nach zwei Urlauben ihre gemeinsame Zukunft ausgemalt? Sollte sie einen Ausreiseantrag aus der DDR stellen? Ihr Vater war ein örtlicher Funktionär in der SED, würde es dann

Probleme für ihn geben? Würde sie alle möglichen Sanktionen im Alltag zu spüren bekommen? Man kannte das hinlänglich. Die Zeit bis zur Bewilligung eines solchen Ausreiseantrages, wenn es denn überhaupt dazu kam, war beileibe kein Wunschkonzert. Doch andererseits die Träume, sich jeden Tag sehen zu können, den Alltag gemeinsam zu erleben und vielleicht noch eine Familie zu gründen. Schließlich war sie erst fünfunddreißig. Sie war nicht versessen auf den westlichen Lebensstil, sie war es gewohnt, mit kleinen Dingen im Alltag zufrieden zu sein. Aber sie war „versessen" auf Karsten. Wie lang war beiden immer die Zeit vorgekommen, bis sie sich endlich wieder in den Armen liegen konnten. Träume von der gemeinsamen Zukunft. Und dann war die Idee der Flucht entstanden. Warum hatte es Marie-Luise nicht geschafft? Warum endete ihre Flucht damals tödlich am Grenzzaun? I

Die Bilder der Trauerfeier 1987 kamen immer deutlicher hervor. Die Einreise in die DDR war damals schwierig gewesen, doch Karsten hatte die Formalitäten dafür erledigen können. Die Eltern von Marie-Luise hatten ihn mit Verachtung gestraft, ihre beinahe 10 Jahre jüngere Schwester ihm sogar vor die Füße gespuckt. Niemand hatte mit ihm gesprochen. Sie hatten ihn schuldig gesprochen. Schließlich hätte es ohne ihn keinen Fluchtversuch gegeben.

Doch nun kamen bei Karsten auch endlich wieder die schönen Erinnerungen, auch die hatte er so lange verdrängt. Marie-Luise auf der Wiese mit Grashalm im Mund, ihn anlächelnd, ihre Augen, deren Blick ihn ihr auslieferten. Marie-Luise beim Tanzen, sich eng an ihn schmiegend. Marie-Luise, albern kichernd, wenn die Kugel Eis an der Waffel entlang tropfte und sie mit der Zunge wieder mal nicht schnell genug war. Marie-Luise auf dem Hotelbett, den Blick gebannt auf den Fernseher gerichtet und plötzlich zu ihm herüberblickend. Marie-Luise, wie sie aus der Dusche kam, mit einem Frotteetuch ummantelt und es plötzlich fallen ließ.

Karsten setzte sich auf sein Sofa, erschöpft von der Übermacht der Bilder in seinem Kopf. Plötzlich hatte er nun wieder die Stimme von Anne eben am Telefon im Ohr. Anne, die er zunächst nur beim Schwimmen im See beobachtet und dann kennengelernt hatte, als er ihr vor wenigen Wochen nach ihrem Schwimmen bei einem Fahrradplatten geholfen hatte und die bald darauf mit einem selbstgebackenen Erdbeerkuchen als Dankeschön vor seiner Tür stand.

Einige Tage später dann Anne erneut vor seiner Tür, diesmal mit einer weiteren jungen Frau, Lou. Lou war recht spontan aus Berlin-Friedrichshain angereist, nachdem sie über eine aufgefundene alte Postkarte vollkommen überraschend von der Beziehung ihrer Tante Marie-Luise zu einem Mann in Verden-Eissel erfahren hatte.

Lou hatte einen unbeschrifteten Karton zuhause im Keller gefunden, als sie ihre alten Kindersachen aussortieren wollte. Darin lagen Unterlagen und Fotos ihrer Tante Marie-Luise. Eines hatte sie mit einem Mann am Kleinen Müggelsee in Ostberlin gezeigt. Beide hatten sehr glücklich gewirkt und in die Kamera gelächelt. Hatte das ihre Mutter aufgenommen oder ein Freund der beiden? Auf der Rückseite des Fotos hatte Lou den handschriftlichen Vermerk entdeckt. *„Karsten Wagener oder Wagner"*, las sie sich leise vor, darunter eine Adresse *„Seekante 12, 2810 Werden-Eissel oder Verden-Eissel"* und die vier Worte *„In Liebe, Dein Karsten".*

Ihre Tante hatte sie nicht fragen können, Marie-Luise war schon zwei Jahre vor Lous Geburt gestorben, bei einem Verkehrsunfall -so hieß es- über den Lou´s Mutter nie ausführlicher erzählen wollte.

Die Google-Suche ging schnell, Verden bei Bremen, das waren an die 350 km, eine gute Eisenbahnverbindung von Berlin über Hannover nach Verden. Sie hatte ihre letzten Semesterferien, bevor sie die Assistenzarztstelle an der Charité in Berlin antreten würde. Ihre Mutter würde wahrscheinlich wieder nichts sagen, wahrscheinlich sogar heftig reagieren, wenn sie sie nach diesem Foto fragte. Sie musste von diesem Ausflug nach Verden ja erstmal nichts erzählen.

Lou war dann am See in Eissel zufällig auf Anne gestoßen, die sich gerade abtrocknete, erfuhr von Anne, dass sie den alten Mann kannte, beide zusammen hatten dann bei ihm an der Tür geklingelt. Und beim Blick in die offenen Gesichter der beiden jungen Frauen war Karsten klar geworden, dass er nun seine Geschichte nicht mehr weiter im Verborgenen halten wollte, nicht mehr weiter verbergen konnte.

Sie hatten dann lange zusammengesessen und Lou hatte erfahren müssen, dass ihre Tante nicht bei einem Unfall gestorben war, sondern beim Fluchtversuch zu Karsten nach Westdeutschland von DDR-Grenzsoldaten erschossen wurde.

Juni 1945
Flüchtlingslager Oksböl

Hans begab sich auf den Weg zu den Werkstätten. Beim Schuster würde er hoffentlich passende Halb-schuhe bekommen, in der Schneiderei ein neues Hemd und eine neue Hose. Er ging zügig am Versammlungsgebäude vorbei, passierte Bibliothek und Theatersaal und entdeckte zu seiner Rechten das Hospital und den Sportplatz. Die Werkstätten lagen dem Hospital genau gegenüber. Gerade als er eintreten wollte, hörte er, dass die auf dem Gelände verteilten großen Lautsprecher ansetzten, die neuen Nachrichten zu verkünden, täglich vom Nordwest-deutschen Rundfunk, Sender Hamburg, übertragen. So blieb er noch in der offenen Tür stehen. Der laue Sommerwind fuhr ihm durchs Haar.

Liv öffnete das Fenster im Hospital, damit die bettlägerigen Patienten die Nachrichten hören konnten. Sie selbst schaute auf den Platz hinunter, sah einen jungen groß gewachsenen Mann in der Tür zur Schneiderei verweilen. Sie konnte sich nicht erklären, warum sie so lange auf ihn blickte.

Nachdem Hans neu eingekleidet war, steuerte er die nächste Werkstatt an. Hier wurde insbesondere Metall gewonnen, auch alte Flugzeuge wurden dafür aus-geschlachtet. Er hoffte, hier am ehesten mitarbeiten zu können. In der Heimat in Ostpreußen hatte er in einem metallverarbeitenden Rüstungsbetrieb gear-beitet, war deshalb auch unabkömmlich gestellt und konnte somit der Front entgehen.

Tatsächlich sollte er gleich am nächsten Morgen zur Arbeit erscheinen. Wieder zurück in seiner Baracke, zog es ihn sogleich zum Grammophon. Er wollte diesen besonderen Liederzyklus weiterhören. Auf dem Bett liegend, fiel es ihm schwer, die Augen offen zu halten.

Doch ihm kam die Melodie bekannt vor, und die erste Strophe erinnerte er sogar noch aus einem Gesangbuch in der Schule. Leise summte er mit geschlossenen Augen mit:

„Am Brunnen vor dem Tore
Da steht mein Liebchens Haus.
Sie hat mir Treu geschworen,
ging mit ihr ein und aus."

Doch das war nicht korrekt, er wurde wieder etwas wacher. In diesem Liederzyklus begann es anders, die sanfte Baritonstimme sang:

Am Brunnen vor dem Tore,
da steht ein Lindenbaum:
Ich träumt' in seinem Schatten
so manchen süßen Traum.

Ich schnitt in seine Rinde
so manches liebe Wort;
es zog in Freud' und Leide
zu ihm mich immer fort."

Ich mußt' auch heute wandern...

Er fiel in den Schlaf.

Am nächsten Morgen verließ Hans die Baracke früh, er freute sich auf die Arbeit in der Werkstatt. Kurz nachdem er auf den sandigen ausgetrockneten Weg eingebogen war, sah er vor sich zwei junge Frauen, die sich auf Dänisch unterhielten. Hans nahm sich vor, am Abend seine Nachbarn zu fragen, wieso hier dänische Frauen herumliefen. Die beiden Frauen hatten offenbar fast denselben Weg wie er. Kurz vor dem Eingang zum Hospital drehte die eine ihren Kopf etwas herum und blickte zurück. Hans glaubte, ein leichtes Erstaunen in ihrem Blick wahrzunehmen.

Anfang November 2015
Verden (Aller)

Die blassen Sonnenstrahlen fielen auf das Herbstlaub im Stadtwald. Anne liebte die halbstündige Radtour zum See nach Eissel, am Friedhof in den Wald, den ´Brunnenweg` querend und dann am Rand der Dünen entlang, in Dauelsen am Sachsenhain vorbei und die letzten zwei Kilometer unter dem offenen Himmel der weiten Marschlandschaft. Sie erinnerte sich an die vielen morgendlichen Radtouren im Sommer, als sie täglich zum Schwimmen herkam. Und sie dachte daran, wie sie Karsten Wagner kennengelernt hatte. Gleich würde sie wieder mit einem Kuchen vor seiner Tür stehen.

„Heute ein Schoko-Marmorkuchen, frische Erdbeeren gibt es nicht mehr", wurde Karsten begrüßt. Beim anschließenden Kaffee erklärte er seine Gedanken ausführlicher.

Anne konnte erkennen, wie sehr dieser ältere Mann unter seiner Vergangenheit gelitten hatte. Er hatte viele Jahre vollkommen zurückgezogen gelebt – bis auf wenige nachbarliche Kontakte - war mit seinem Schäferhund Leo in Eissel oder gelegentlich auch mal im Verdener Stadtwald herumgestreift, hatte an seinem Bechstein-Flügel für sich allein Musik gemacht, besonders Chopin liebte er sehr, hatte er erwähnt. Und erst in den letzten beiden Monaten war etwas in ihm aufgebrochen. Er ließ Erinnerungen wieder zu, Erinnerungen an Marie-Luise, an gemeinsame Erlebnisse, an Gefühle, die er so intensiv gespürt und die sie erwidert hatte. Ihr Lachen, ihre Nacktheit. Sie waren so glücklich zusammen. All das hatte er jahrelang unterdrückt und teilweise vollkommen verdrängt.

„Nun möchte ich doch noch möglichst viel über Marie-Luises Leben erfahren", war Karstens Schlussfolgerung, „mir ein genaueres Bild von ihr und ihrer Familie machen, denn über ihre Familie hatte sie nie viel gesprochen. Und ich habe die Familienmitglieder ja nur an einem einzigen Tag, der Beerdigung von Marie-Luise gesehen. Ihre Eltern straften mich mit Verachtung, ihre 10 Jahre jüngere Schwester spuckte mir vor die Füße. Sie gaben mir die Schuld, ohne mich hätte es keinen Fluchtversuch gegeben", brachte Karsten hervor.

Anne hatte offenbar sehr verständnisvoll reagiert, sie konnten sogar erste Pläne schmieden. Anne hatte vorgeschlagen, dass Karsten und sie zuerst einen Laptop für ihn kaufen müssten, „für Recherche im Internet und für Emails, das ist nicht schwer zu erlernen", hatte sie dazu ausgeführt. „Und wir sollten Lou noch mit ins Boot nehmen, die ist näher dran und war ja ebenfalls sehr interessiert am Schicksal und Lebensweg ihrer Tante. Der Name Lou sollte doch sogar eine gewisse Erinnerung an Marie-Luise darstellen, denke ich."

Nach zwei Stunden verabschiedete sich Anne. Es fiel ihr etwas schwer, „Auf Wiedersehen, Karsten" zu sagen, das war doch sehr ungewohnt. Aber er hatte überraschend vorgeschlagen, zum „Du" überzugehen.

Noch am selben Abend rief Anne Lou an. Lou freute sich sehr auf diese Aufgabe und die Möglichkeit, vielleicht doch noch Weiteres über ihre Tante zu erfahren. „Allerdings war hier die Hölle los, als ich meine Mutter nach der Reise nach Verden damit konfrontierte, dass ich nun vom Tod bei der Flucht wusste- und warum mir die Lüge vom Unfalltod erzählt wurde. Anne, du kannst dir kaum vorstellen, wie sehr meine Mutter dicht macht, sie will nicht über die damalige Entwicklung, nicht über ihre verstorbene Schwester reden! Und ähnlich erging es mir, als ich Oma im Altenheim besuchte. Dabei war Marie-Luise ihre Tochter," rief Lou entrüstet aus, „Oma ist nun 90 Jahre alt, wann will sie denn ihren Frieden schließen mit dieser Geschichte?"

Gegen Ende des Telefongesprächs hatte Lou sich etwas beruhigt. Sie hatte noch gesagt, dass sie neugierig auf Karsten Wagner wäre, ihn gerne noch weiter kennenlernen würde. „Denn der war ja offenbar damals für große Gefühle meiner Tante verantwortlich. Sonst hätte sie doch niemals eine Flucht versucht!"

November 1945
Flüchtlingslager Oksböl

Hans verlangsamte seinen Schritt durch den Morgennebel, denn auf dem Weg zur Werkstatt ertönte wieder die bekannte Erkennungsmelodie des Nordwestdeutschen Rundfunks aus den Lagerlautsprechern. Es wurde ausführlich vom Eröffnungskonzert des NWDR-Symphonieorchesters am 1. November in Hamburg berichtet. Auf dem Programm des ersten Konzerts standen Beethovens "Egmont"-Ouvertüre, etwas von Brahms sowie Tschaikowskys Sinfonie Nr. 5., wenn Hans das richtig verstanden hatte.

Es folgte noch ein Beitrag über die Geschichte des Orchesters. Die Idee dazu hatte ein junger Offizier der britischen Besatzungsmacht. Dieser verpflichtete den ehemaligen Generalmusikdirektor des Deutschen Opernhauses in Berlin als Gründungsdirigenten.

Hans fand interessant, dass auch auf Gutshöfen und in Kriegsgefangenenlagern Musiker rekrutiert wurden, die auf geliehenen oder notdürftig reparierten Instrumenten in geflickter Kleidung vorgespielt hatten.

Besonders spannend fand Hans allerdings den Hinweis zum Schluss des Beitrags. Ende Juli 1945 war der weltberühmte jüdische Geiger Yehudi Menuhin nach seiner Konzerttour durch ehemalige Konzentrationslager nach Hamburg gekommen und hatte mit dem Orchester im Studio das Violinkonzert von Felix Mendelssohn Bartholdy aufgenommen, ein Zeichen der Versöhnung im Geiste der Kunst, hatte der Sprecher betont.

Hans betrat die von der Nacht ausgekühlte Werkstatt.
„Das mag ihm wohl eine Neuigkeit sein, dem armen verlassenen Mann. „Meine Luise", sagte er mir, „hat mich zu Boden geworfen. Meine Luise wird mich auch aufrichten" – Ich eile, Mamsell, ihm die Antwort zu bringen", rief Hermann, ein Kollege von Hans in der Metallwerkstatt, aus.

„Bitte, was…, wovon sprichst du, Hermann?" „Na, kennst du noch nicht unsere Theatergruppe? Ich spiele den Herrn Wurm in „Kabale und Liebe" und übe meinen Text. Du solltest die Aufführung übernächste Woche nicht verpassen. Es ist eine schöne Abwechslung zu unserem Lageralltag, Hans."

Anschließend erzählte Hermann noch mehr, er spürte die große Begeisterung Hermanns für das Theater. So erfuhr er, dass die Gruppe von Walter Warendorf, selbst Flüchtling, geführt wurde. „Man merkt ihm in jedem Moment der Proben seine Erfahrung als Regisseur an, wie gut, dass wir ihn hier haben", beendete Hermann die Frühstückspause.

Als sie mittags die paar Schritte zusammen zur Gemeinschaftsverpflegung gingen, kam das Gespräch erneut auf die Theatergruppe. Hermann erzählte, dass neben klassischen Stücken auch Kabarett und Musicals aufgeführt wurden. „Du kannst dir gar nicht vorstellen, wie gut das alles ist, Hans, welche Stimmung dabei aufkommt. Hier im Lager bauen wir auch Gitarren, Geigen und Mandolinen, die Werkstatt solltest du dir mal ansehen. Natürlich kommen die zum Einsatz!"

Hans versprach, auf jeden Fall zur nächsten Aufführung zu kommen.

Am Abend wanderte sein Blick zur Mappe mit den Briefen. Alle waren adressiert an Karl Hofmann hier in Oksböl. Der erste Brief stammte aus dem Jahr 1940, der letzte war erst wenige Monate alt, stammte vom Januar 1945. Also war Karl Hofmann offenbar eine lange Zeit als Soldat der deutschen Wehrmacht hier im NS-Lager stationiert gewesen. Wahrscheinlich hatte er kurz vor der Kapitulation eilig das Lager verlassen, dachte Hans, oder er wurde zuvor noch in die Kampfgebiete gegen die russische Endoffensive verlegt.

Über die Zeit vor 1945 hatte Hans mittlerweile einiges von seinem Nachbarn Walter erfahren, der häufig an den Sommerabenden mit seiner Pfeife auf der Bank vor der Baracke gesessen hatte und dann gerne erzählte.

Wenn Hans sich an alles richtig erinnerte, war das Lager Oksböl 1929 als Stützpunkt der dänischen Artillerie und als Übungsgelände für Schießzwecke gegründet worden, es wurde sogar der größte Truppenübungsplatz in Dänemark. Das weitläufige Gelände war ideal, denn die Ende der 20-er Jahre aus Frankreich angeschafften Geschütze hatten eine große Reichweite und dieses Gelände war menschenleer. Nach dem Einmarsch der Deutschen im April 1940 fand es schnell das Interesse der Besatzer, als Teil des zu schaffenden Atlantikwalls, als Brücke nach Norwegen und als Ausbildungslager für die Ostfront. Ende 1941 waren hier etwa 15.000 deutsche Soldaten und 3600 Pferde untergebracht. Die jetzt vorhandene

Infrastruktur mit Wasserwerk, Elektrizitätswerk, Hospital, Theater und allem Weiteren war von den Deutschen erbaut worden.

Alle Briefe, es mochten etwa zehn sein, waren in derselben Handschrift verfasst, allerdings von unterschiedlichen Orten gesendet. Hans zog beliebig einen heraus, er stammte aus dem August 1942.

Lieber Freund Karl,
du bist in dem Lager in Dänemark sicherer als wir hier an der Ostfront. Aber ich weiß es zu schätzen, daß du dort weitere Soldaten für ihren Einsatz hier ausbildest. Wir alle haben ja denselben Eid geschworen, an dem ich mich in kritischen Situationen immer wieder aufrichte, auch jetzt, deshalb noch einmal:

„Ich schwöre bei Gott diesen heiligen Eid, daß ich dem Führer des Deutschen Reiches und Volkes, Adolf Hitler, dem Obersten Befehlshaber der Wehrmacht, unbedingten Gehorsam leisten und als tapferer Soldat bereit sein will, jederzeit für diesen Eid mein Leben einzusetzen."

Ich kann dir berichten, daß ich „vorgeschobener Beobachter", kurz „v. B." genannt, geworden bin, die herausgehobenste Position, die ein Artillerist ausüben kann! Du weißt ja, daß alle Schwadronsführer heilfroh sind, wenn sich bei ihnen ein v. B. der Artillerie zur Unterstützung meldet. Hier bei Nischne Tschirskaya erhielt ich meine Feuertaufe als v. B.. Als wir den Steilhang des Tschirs, eines nicht sehr breiten Flusses erreicht hatten, blieben wir einige Tage liegen, ohne viel vom Russen gestört zu werden. Unterstützt von der 24. Panzerdivision des Armeekorps des Generals v. Seydlitz-Kurzbach, meines alten Verdener Abteilungskomman-deurs, wurde dann der Donabschnitt durchbrochen. Aus allen Rohren wurde geschossen, wobei die Ju-87-Verbände von oben mithalfen. Ich saß dabei mit meinem Fahrer und meinen beiden Funkern in meinem gelände-gängigen, allradgefederten „Stoewer-PKW". Und bis auf zahlreiche Löcher von russischen Geschoßsplittern im Wagenblech ging alles gut. Anschließend rollte die 24. Panzerdivision durch die endlos braune Steppe weiter, wobei sie südlich Kalatsch bei Aksai abermals den Don überschritt. Eine Zeit später drehten wir allerdings ab nach Norden und erreichten die Jewgeny-Höhen südlich von Stalingrad. Hier trafen wir auf hartnäckigen russischen Widerstand. Aber genauso, wie wir damals die Russen 1941 bei Stary Bychow zusammenschossen, schafften es hier die beiden Geschütze der dritten Batterie. Nicht einer kam auf die Höhe herauf.

Leider wurde aber auch mein Kamerad Ewald, mit dem ich zusammen in Hannover Rekrut geworden bin, so schwer verwundet, daß er noch auf dem Gefechtsfelde verstarb. Auch er hatte den Eid geleistet und sein Leben tatsächlich dafür eingesetzt, letztlich geopfert. Ich hoffe, ich kann dir dennoch weiterhin von einem erfolgreichen Feldzug berichten.

Heil Hitler, dein Freund Josef

Hans verspürte ein großes Unbehagen und legte den Brief in die Mappe zurück. Er hatte zwar in einem Rüstungsbetrieb gearbeitet, aber doch eher wenig über die spätere Verwendung nachgedacht. Zu Beginn des Krieges war er gerade mal 16 Jahre alt. Natürlich hatte er seit seinem 14. Lebensjahr in der Hitlerjugend mitgemacht, das machten doch alle. Er empfand sich dort jedoch nur als ´Mitläufer`.

Durch diese Briefe wurde er nun konkreter damit konfrontiert, was Krieg bedeutete. Die Schilderungen hinterließen einen schlimmen Eindruck bei ihm.
Hans musste sich ablenken, wollte auf andere Gedanken kommen. So griff er erneut zu den Platten mit dem Liederzyklus und fand auf einer den Titel „Letzte Hoffnung".

Hier und da ist an den Bäumen
manches bunte Blatt zu seh´n,
und ich bleibe vor den Bäumen
oftmals in Gedanken steh´n.

Schaue nach dem einen Blatte,
hänge meine Hoffnung dran;
spielt der Wind mit meinem Blatte,
zitt´r´ ich, was ich zittern kann.
Ach, und fällt das Blatt zu Boden,
fällt mit ihm die Hoffnung ab;
fall´ ich selber mit zu Boden,
wein´ auf meiner Hoffnung Grab.

Hans fand sich mit diesem Stück nicht zurecht. Als die Stimme einsetzte, war sie nicht im Einklang mit dem vorgegebenen Rhythmus. Und seine Empfindung wurde noch intensiviert durch den hin und her springenden, zerrissenen Charakter der Musik in der Klavierstimme. Vielleicht sollte das die fallenden Blätter vor Augen führen?

Liv hatte heute länger gearbeitet, es waren viele neue Patienten auf ihrer Station eingeliefert worden und sie wollte alles vollständig schriftlich festhalten. So musste sie nun allein den Weg in der Dunkelheit nachhause gehen. Kurz nachdem sie in den Weg zum Haupttor eingebogen war, hörte sie besondere Klänge, in einer der naheliegenden Baracken musste jemand ein Grammophon besitzen. Sie blieb einen Augenblick stehen, sah den schwachen Schein einer Lampe hinter dem geschlossenen Fenster.

Sie trat näher heran, um besser hören zu können. Liv empfand die Melodie nicht besonders schön, aber doch auf eine besondere Weise eindringlich. Und wenn sie den Text richtig verstand, war es eine traurige Angelegenheit. Wer mochte wohl solche Musik hören?

November 2015
Verden (Aller)

Die Adressen hatten sie selbstverständlich von Lou bekommen. Sie waren sich einig, dass Karsten einen Brief an Lous Mutter und einen an Lous Oma schreiben sollte. „Sag mal, Anne, soll ich ausführlich um Verständnis bitten oder erstmal hauptsächlich meinen Besuchswunsch formulieren?" „Karsten, ich glaube, du musst schon ausführlicher schreiben, begründen, warum du dich nach so vielen Jahren meldest. Vielleicht ist es leichter, erstmal mit Lous Mutter anzufangen."

Karsten versprach, am Abend etwas zu formulieren und es Anne per Mail zu schicken. Sie sollte ihre Kommentare dazu geben, bevor er den Brief dann endgültig handschriftlich verfassen würde. Er legte eine CD ein, beruhigende klassische Musik von Schubert. Dann schrieb er im Schein des bläulichen Laptoplichts:

Karsten Wagner, Seekante 12, 27283 Verden
Im November 2015

Sehr geehrte Frau Harig,
wir sind uns nur ein einziges Mal im Leben -1987 - begegnet. Wahrscheinlich erinnern Sie den Tag genauso schmerzlich wie ich. Ihre Schwester, meine so sehr geliebte Marie-Luise, wurde nach dem Fluchtversuch zu Grabe getragen. Sie und Ihre komplette Familie gaben mir ihren Hass auf mich zu verstehen, sie sahen die Schuld bei mir. Ich möchte hier nicht auf alle damaligen Umstände

eingehen. Sie sollen nur wissen, dass Marie-Luise und ich uns sehr geliebt haben, glücklich miteinander waren und unbedingt eine gemeinsame Zukunft wollten. Niemand konnte wissen, dass drei Jahre später die Mauer fallen würde und wir das dann ohne Probleme hätten realisieren können.

Durch besondere Umstände, auch durch den Besuch Ihrer Tochter Lou bei mir, bin ich nun im Alter von 75 Jahren dazu gekommen, die wunderbare Zeit und auch das Schmerzliche nicht weiter verdrängen zu wollen. Ich erhoffe mir, dass Sie mir weiterhelfen, noch einiges aus dem Leben von Marie-Luise zu erfahren, zum Beispiel hat sie mir von ihrer Kindheit nicht viel erzählt. Dafür wäre ich Ihnen sehr dankbar. Wenn Sie sich dazu in der Lage sehen, nehmen Sie bitte Kontakt mit mir auf.

Ich verbleibe mit freundlichen Grüßen,

Karsten Wagner

Er sendete Anne diesen Entwurf per Mail, sie hatte keine Einwände, fand alles gut und ermutigte ihn, den Brief nun so handschriftlich zu verfassen und an Lous Mutter zu senden.

November 1945
Flüchtlingslager Oksböl

Gleich am nächsten Abend nahm Hans die Mappe mit den Briefen erneut aus dem Regal. Schade, er konnte sich von Karl Hofmann kein Bild machen, da er dessen Antwortbriefe nicht kannte. Vielleicht würde er aber indirekt aus den Briefen des „Josef" einiges über seinen Vorbewohner erfahren. Er sortierte die Briefe in der zeitlichen Reihenfolge und begann, den ersten vom August 1940 zu lesen.

Lieber Freund Karl,

am 9. Juni kämpften wir noch gemeinsam bei La Chapelle la Reine, 75 km südlich von Paris, gegen die Franzosen und nun gehörst du zu einem anderen Regiment, weit entfernt in Dänemark. Ich hoffe, daß wir trotz der Entfernung und der ungewissen weiteren Verwendung unseren Kontakt halten können.

Nach dem Waffenstillstandsabkommen mit den Franzosen wurde uns von Frankreich die gesamte Atlantikküste bis hinunter zur Biscaya überlassen. Meine II. Abteilung des Reitenden Artillerieregiments 1 lag nun im Raume Langon, 45 km südlich von Bordeaux, im berühmten Weinanbaugebiet der Hautes Sauternes. Und unser Kommandeur verschaffte jedem Soldaten aus unserer Abteilung einen einwöchigen Urlaub, ich habe mich also im Juli am Strand der Biscaya geaalt.

Direkt im Anschluss bekam ich Heimaturlaub, natürlich nicht nach Verden, meiner eigentlichen Heimat, wie du weißt, sondern nach Insterburg, der Heimat meiner Frau.

Du warst ja dabei, als ich sie bei unserer Beförderungsfeier 1935 kennenlernte und danach sahst du sie bei vielen Unteroffiziersvergnügen mit mir auf der Tanzfläche.

Ich traf am 31. Juli in Insterburg ein, am Tage vorher war unsere Tochter Heidemarie geboren worden, zu Hause in unserer Wohnung in der Luisenstraße. Nun bin ich Familienvater!

Mein Heimaturlaub wurde aus mir unbekannten Gründen zweimal um jeweils eine Woche verlängert, dann musste ich mich überraschenderweise in Polen zurückmelden, etwa 100 km ostwärts Warschau, meine Batterie lag jetzt in Nossow-Podlaska. Ich fragte mich, was das zu bedeuten hatte, diese Rückkehr in den Osten. Wir hatten doch auf eine Invasion in England gewartet. Sollte es etwa gegen die Sowjetunion...? Adolf Hitler und Josef Stalin hatten sich doch gerade nach dem Polenfeldzug 1939 über die Grenzziehung im Osten geeinigt.

Wenn es mir möglich ist, werde ich dir schreiben, wie es mit mir und unserem Artillerieregiment weitergeht.

Heil Hitler, Josef

Liv hatte wieder etwas länger gearbeitet. Als sie an der Baracke vorbeikam, aus der gestern Abend diese eigenartige Musik zu hören war, trat sie im Schutz der Dunkelheit etwas näher heran. Ihr war kalt, sie zog den Mantel fester. Nebel war aufgekommen, kalte Tröpfchen bildeten sich auf ihren Mantelarmen aus.

Sie konnte jemanden in Lesehaltung an einem Tisch sitzen sehen. Sie erschrak etwas, auch durch den Nebel konnte sie erkennen, dass es der junge Mann war, den sie im Sommer in der Tür der Werkstatt hatte stehen sehen. Und am Tag darauf morgens auf dem Weg zum Hospital hatte sie ihn erneut gesehen, er war ein paar Schritte hinter ihr gegangen. Sie entfernte sich rasch, ihre Eltern warteten vermutlich mit dem Abendessen. Im Weggehen konnte sie im schwachen Lichtschein noch erkennen, dass ein Mann aus der Nachbartür heraustrat und bei dem jungen Mann anklopfte. „Hans, komm gerne zum Abendessen zu uns herüber", rief er an der Türschwelle.

November 2015
Berlin- Friedrichshain

Lou aß gerade Müsli, sie hatte Naturjoghurt, Nüsse, einen kleingeschnittenen Apfel und eine Banane hinzugefügt, dachte gerade- wie lecker-als ihre Mutter mit hochrotem Kopf in die Küche gestürmt kam. Sie knallte einen Brief auf den Tisch. „Steckst du auch mit dahinter?", brüllte sie Lou an.

Lou hatte den Absender schnell erfasst. „Nicht direkt", antwortete sie. Ihre Mutter schnappte nach Luft, drehte sich um, rannte aus der Küche, knallte die Tür hinter sich zu. Im nächsten Augenblick kam sie jedoch schon wieder zurück. „Eins soll euch klar sein. Diesem Wagner schreibe ich nicht eine Zeile, ich will nichts mit ihm zu tun haben. Und ich will nicht mehr an diese Zeit erinnert werden!" Sie warf Lou den Brief zu und ging.

Lou nutzte die Chance und las ihn. Sie fand, dass Karsten das gut geschrieben hatte. Und einmal mehr konnte sie das Verhalten ihrer Mutter in dieser gesamten Angelegenheit nicht verstehen.

Am Abend rief sie Anne an und beschrieb ihr die Szene vom Vormittag in der Küche. Anne sollte Karsten davon berichten und ihm erklären, dass er auf diese Weise also keine Informationen bekommen würde.

„Anne, ich sehe allerdings noch eine Chance. Meine Oma ist über meine Besuche im Altenheim immer sehr dankbar. Sie ist mit ihren 90 Jahren geistig noch sehr rege und erzählt auch gerne von früher. Sie kommt mir nicht ganz so verbohrt vor wie meine Mutter. Karsten könnte den Brief etwas umformulieren und an das Altenheim schicken, die Adresse:

Else Schuster
Pflegeheim Stahnsdorf, Zimmer 31
Wannseestr. 44/46
14532 Stahnsdorf

Es liegt in der Nähe des Teltowkanales und der Kleinmachnower Schleuse. Oma wolllte so gerne in Kleinmachnow bleiben, weil sie mit ihrem Mann nach der Wende dort hingezogen war.

Viel Glück, Anne, und bis bald. Äh, noch etwas: Karsten soll schreiben, dass er die Adresse von mir hat und dass ich es mir sehr wünschen würde, wenn sie ihm antworten würde."

Dezember 2015
Verden (Aller)

Zwei Wochen später. Die Sonne versuchte vergeblich, durch die graue Wolkenschicht zu dringen. Leichter Schnee lag auf dem Briefkasten. Karsten zog das dicke Exemplar der „ZEIT" heraus. Beinahe hätte er den Brief darunter übersehen. Als er den Absender las, fing seine Hand leicht an zu zittern. Rasch ging er ins Haus zurück. Die alte Dame hatte noch eine ausdrucksstarke Handschrift:

Sehr geehrter Herr Wagner,
eine Antwort auf Ihren Brief fällt mir nicht leicht.
In der letzten Woche besuchte mich meine geliebte Enkelin Lou hier im Heim und bereitete mich auf Ihre Post vor.

Sie haben offenbar einen besonderen Eindruck bei ihr hinterlassen, denn sie bat mich eindringlich, einen Kontakt zu ermöglichen. Ich bin schon länger nicht glücklich mit dem Verhalten meiner Tochter, die alles dazu totschweigt. Nach dem Tod meines Mannes vor 10 Jahren, da war Lou 16 Jahre alt, wollte ich Lou die Wahrheit über den Tod ihrer Tante sagen und ihr die Hintergründe erzählen. Aber meine Tochter war strikt dagegen. Nun nehme ich Ihren Brief doch zum Anlass, Lou – und Ihnen – gegenüber offen zu sein.
Wenn Sie es ermöglichen können, sollten Sie mich – gemeinsam mit Lou – hier im Heim besuchen kommen.
Mit freundlichen Grüßen,

Else Schuster

Dezember 1945
Flüchtlingslager Oksböl

Hans hatte seine Nachbarn Walter und Martha und seinen Kollegen Hermann aus der Werkstatt sowie dessen Frau Ursel zu einem adventlichen Kaffeetrinken eingeladen. Die Nachbarn hatten Stühle und sogar ihren Tisch mit herübergebracht. Eine kleine Kerze erleuchtete den spärlich möblierten Raum.

Das Gespräch drehte sich anfangs um neue Theaterprojekte, es stellte sich heraus, dass auch Hermanns Frau Ursel nach der Arbeit begeisterte Schauspielerin und sogar Tänzerin in der Gruppe war. Später erzählte sie von ihrer Arbeit als Krankenschwester im Hospital. „Wenn es mir auch schwerfällt es zuzugeben, ich habe eine Lieblings- kollegin - aber die ist ausgerechnet eine Dänin. Am Anfang hielt ich sie auf Abstand, wie sollte man mit einer Dänin zusammenarbeiten? Aber nach und nach merkte ich, wie vorurteilslos sie mir begegnete. Sie ist sehr fürsorglich mit den Patienten, obwohl alles Deutsche sind! Und, naja, die meisten männlichen Patienten lassen sich durchaus gerne von ihr behandeln, sie ist wirklich ein hübsches Mädel. Manchmal kann sie richtig lustig sein, mit 20 ist man wohl noch so unbekümmert. Liv wohnt sogar noch bei ihren Eltern!"

Später traute Hans sich, das Gespräch auf die Briefe zu bringen, besonders nachdem er erfahren hatte, dass Walter und Martha den vorherigen Bewohner nicht mehr kennengelernt hatten.

„Der Mann, also Josef, schreibt sehr viel von seinen Kriegserlebnissen. Das scheint die beiden zu verbinden. Sie waren früher offenbar im gleichen Regiment gewesen, bevor der andere nach Oksböl kam. Manchmal empfinde ich die Schilderungen viel zu ausführlich, kann aber trotzdem nicht aufhören zu lesen. So schrieb er zum Beispiel einmal, dass alles, was über die Anhöhe kam, zusammengeschossen wurde. Oder ausführlich von Verlusten, mit genauen Anzahlen zu den Gefallenen, manchmal sogar mit Namen, so ein Major Stubbendorff, der Sieger in der `Military´ bei den Olympischen Spielen 1936 in Berlin war. Von dem hatte Josef nämlich 1940 das Eiserne Kreuz II. Klasse überreicht bekommen. Er schrieb auch von der Geburt seiner Tochter 1940 oder des Sohnes 1942, aber dann gleich wieder ausführlicher, wohin er im Kriegseinsatz geschickt wurde."

Hans registrierte allerdings, dass seine Gäste nicht gerne weiter über den Krieg sprechen wollten. Die Erlebnisse waren für alle noch sehr nah, ´am besten, man verschweigt das alles erstmal´, schien es für Hans die passende Umgangsweise mit seinen Gästen.

Als sie jedoch gegangen waren, kam seine eigene Neugier deutlich wieder auf. Er griff zu dem Stapel mit den Briefen, war nun im Januar 1944 angekommen, es war ein ungewöhnlich langer Brief und der letzte in der Mappe.

Lieber Freund Karl,

am 10. Dezember 1943 wurde ich aus dem aktiven Wehrdienst entlassen und als Militäranwärter in die Heeresbeamtenlaufbahn als Zahlmeister übernom-men. Ich habe dir über ein Jahr nicht geschrieben, ich habe eine lange Reise hinter mir.

Am frühen Morgen des 15. September 1942 schoß der Russe uns eine Wurfgranate in die Bereitstellung. Mein Funker 1 wurde völlig zerrissen, mich hatten Granatsplitter am linken Knie, am Oberschenkel und am linken Arm getroffen. Ich wurde notdürftig behandelt und dann mit einer Ju 52 – Maschine ins Feldlazarett geflogen, dort operiert, am folgenden Tag wieder mit einer Ju-52 ins Kriegslazarett in Konstantynowka im Donezgebiet überführt, wieder operiert. Einige Zeit später hatte ich das Gefühl, daß mein in Gips liegendes Bein nicht mehr vorhanden sei. Der Chirurg, Oberarzt Dr. Teppich, sagte mir nach Öffnung des Gipses: „Ihr Bein muß weg, sonst haben sie nur noch zwei Tage zu leben. Sie haben Wundbrand."

Nun bleibt mir nur noch ein Stumpf!

Ich wollte unbedingt raus aus diesem verdammten Rußland. Mit einem Lazarettzug, abendliche Morphiumspritzen ließen mich das überstehen, zuerst nach Krakau, nach drei Tagen weiter nach Paderborn. Hier landete ich zum Glück im katholischen Landeshospital, einem zivilen Krankenhaus und wurde durch die nimmermüden ´Ursulinen´, den Nonnenschwestern, aufopferungsvoll gepflegt. Hier bekam ich auch endlich Besuch von meiner Frau. An hölzernen hohen Armkrücken lernte ich das Laufen neu. Zu meinem 30. Geburtstag im März bekam ich Heimaturlaub. Zurück im Lazarett wurde mir vom Stabsarzt eröffnet, daß ich nachamputiert werden müsste, damit ich eine Beinprothese vertragen würde. Das geschah erst im Juli.

Im September wurde ich in die Nähe meiner Heimat ins Lazarett in Königsberg verlegt. Bei einem Heimaturlaub in Insterburg begegnete ich einem Kameraden, der im Polenfeldzug in meiner Artilleriekolonne Sanitätsfeldwebel gewesen war. Nun war er Oberzahlmeister der Reserve. Er brachte mich auf die Idee, die Zahlmeisterlaufbahn einzuschlagen.

Nun schreibe ich dir aus Senftenberg in der Nähe von Königgrätz in der Tschechoslowakei, hier ist die Heeresverwaltungsschule. Ich gehöre zum Hörsaal 4 mit 19 Anwärtern, alle „schwerbeschädigt", davon vier Oberschenkel- und acht Unterschenkelamputierte. Hier geht es mir gut. Ich singe sogar im Chor der Schule mit und trainiere für das „Versehrten-Sportabzeichen".

Sollten wir uns nach dem Krieg wiedersehen, freue dich also auf deinen einbeinigen Freund Josef! Ich hoffe sehr, dass wir die Gelegenheit dazu bekommen.

Es grüßt dich dein Freund Josef

Hans fiel auf, dass diesmal „Heil Hitler" fehlte.

Januar 1946
Flüchtlingslager Oksböl

Hans hatte sich gut eingelebt, erste Theaterbesuche, häufigere Besuche in der Buchausleihe, Kartenspielen mit den Männern der Nachbarschaft und nach und nach hatte er sich weitere Werkstätten angesehen – die Schafwollspinnerei, die Tabakverarbeitung, die Autoreparatur, sogar die Musikwerkstatt, in der Gitarren, Geigen und Mandolinen gebaut wurden, zum Freizeitvergnügen der Lagerbewohner, aber auch für das Theater und Orchester.

Heute Abend fiel ihm ein, dass er schon länger nicht mehr den Liederzyklus gehört hatte, er wählte den ´Frühlingstraum`, setzte die Nadel auf.

Ich träumte von bunten Blumen,
so wie sie wohl blühen im Mai;
ich träumte von grünen Wiesen,
von lustigem Vogelgeschrei.

Und als die Hähne krähten,
da ward mein Auge wach;
da war es kalt und finster,
es schrien die Raben vom Dach.

Doch an den Fensterscheiben,
wer malte die Blätter da?
Ihr lacht wohl über den Träumer,
der Blumen im Winter sah?

Hans war so vertieft in die Musik, dass er das Augenpaar nicht bemerkte, das sich von draußen aus einiger Entfernung durch die Fensterscheibe auf ihn richtete. Liv hatte auf dem Nachhauseweg wieder diese besondere Musik wahrgenommen und konnte sich dem Sog nicht entziehen. Sie wollte lauschen, genauer auf den Text hören, aber sie spürte auch, dass sie diesen ´Hans` - so hatte der Nachbar ihn gerufen - beobachten wollte, anschauen wollte. Im schwachen Licht der entfernt stehenden Straßenlampe hielt sie sich für geschützt.

Hans hatte den Kopf in die Arme gestützt und hörte andächtig zu.

Ich träumte von Lieb´ und Liebe,
von einer schönen Maid,
von Herzen und von Küssen,
von Wonne und Seligkeit.

Und als die Hähne krähten,
da ward mein Herze wach;
nun sitz ich hier alleine
und denk dem Traume nach.

Die Augen schließ ich wieder,
noch schlägt das Herz so warm.
Wann grünt ihr Blätter am Fenster?
Wann halt´ ich dich, Liebchen,
im Arm?

Er stand auf und schaute Gedanken versunken aus dem Fenster. Was war das? Ein schwacher Schatten, stand da jemand in der Dunkelheit? Er eilte zur Tür und riss sie auf. Liv konnte so schnell nicht reagieren. Sie starrte ihn stattdessen nur an.

„Was machen Sie da? Suchen Sie jemanden?" Erst als die Person unsicher einen halben Schritt zur Seite trat, erkannte Hans sie - die junge Dänin, die vor vielen Wochen einige Schritte vor ihm und dann ins Hospital gegangen war. Und die wohl die Lieblings-Arbeits-kollegin von Ursel war. Zu seiner Überraschung konnte sie recht gut Deutsch sprechen. „Entschuldigung, ich wollte Sie nicht stören. Ich dachte, es sieht mich hier draußen niemand und ich war so neugierig auf die Musik, wollte so gerne etwas vom Text verstehen."

Hans verblüffte die Offenheit, sie versuchte keine Ausrede. „Sie wissen bestimmt, dass die Deutschen hier im Lager keine Kontakte zu den Dänen aufnehmen sollen. Wir sollten hier gar nicht miteinander sprechen. Und vor allem nicht dabei gesehen werden!" Vielleicht war es die Stimmung durch die gerade gehörte Musik, vielleicht die lange Einsamkeit, Hans schmunzelte bei den letzten Worten und das Licht der Lampe fiel so, dass Liv das sehen konnte. Spontan fügte er hinzu: „Wenn Sie rasch reinkommen, sieht es tatsächlich niemand."

Eine Viertelstunde später machte Liv sich wieder auf den Weg. Hans hatte sich vorher vergewissert, dass gerade niemand vor der Tür oder auf der Straße war.

Sie hatten gar nicht viel gesprochen, waren beide unsicher. Hans hatte ihr allerdings erklärt, wie er an diese Lieder gekommen war. Und sie hatte ein paar Sätze über ihre Arbeit im Hospital angebracht. Sie waren nach kurzer Zeit zum „Du" übergegangen, was ihrem Alter eher entsprach.

Trotz der Unsicherheit und der gewissen Ausnahmesituation - eine Dänin, ein Deutscher, im Lager – war in dieser kurzen Zeit in beiden etwas vor sich gegangen, was sie dem anderen gegenüber sicherlich nicht würden erklären können. Und sich selbst auch nicht eingestehen.

Einige Tage später schaute Liv in ihrer Mittagspause aus dem Fenster in Richtung Sportplatz. Es herrschte reges Treiben auf dem Platz. Liv fiel ein, dass sich aus den verschiedenen Werkstätten heraus Fußballmannschaften gebildet hatten, die heute gegeneinander antreten wollten. Ob Hans wohl mitspielte? Sie hörte laute Anfeuerungsrufe, alle schienen mit Begeisterung dabei zu sein trotz der eisigen Kälte.

Hermann klopfte Hans anerkennend auf die Schulter. „Hans, dein zweites Tor gestern beim Spiel um Platz 3, das war super. Wie du den Ball nach der Ecke volley mit Vollspann genommen hast, einfach klasse. Und der Ball landete genau im oberen Winkel, da hast du dem Torwart der Automechaniker keine Chance gelassen. Wir können mit Platz 3 echt zufrieden sein."
Hans freute sich über die Worte von Hermann, der aber das Thema wechselte.

„Du, meine Frau Ursel muss übermorgen hier im Lager als Zeugin in einem Gerichtsverfahren aussagen. Es geht um eine üble Schlägerei zwischen zwei Patienten auf ihrer Station, wobei der eine einen Nasenbeinbruch sowie einen Bruch des Schlüsselbeins erlitten und deshalb Anzeige erstattet hat. Auf den Zuschauerbänken ist meistens noch Platz, die Verhandlung ist nach Feierabend, willst du mitkommen und dir das mal ansehen?"

Hans wunderte sich: „Eine Schlägerei unter Patienten?" Hermann hatte keine Lust, ausführlich davon zu erzählen. „Du wirst es schon erfahren, wenn du mitkommst. Irgendein heftiger Streit über die Konzentrationslager und was dort wirklich passierte."

Hans blickte auf die vordere Reihe, in der zwei Richter und eine Richterin Platz genommen hatten, an der Seite eine Protokollantin. Von der Decke baumelte an einem Kabel eine schlichte kugelförmige Lampe aus Milchglas. Die Wand hinter den Richtern war mit einzelnen Holzlatten verstärkt und an ihr ein Spruch eingraviert: „Dienet einander". Die Zuschauer saßen eng beieinander in Holzbänken.

Hans folgte der Verhandlung aufmerksam. Offensichtlich war der eine Sozialist, der andere bei der SS gewesen. Es hatte zuvor schon einige lautstarke Diskussionen auf dem Zimmer gegeben, kurz vor der Entlassung aus dem Hospital dann die Schlägerei. Der Sozialist hatte daraufhin seinen Hospitalaufenthalt noch verlängern müssen, dem SS-Angehörigen drohte nun ein dreimonatiger Gefängnisaufenthalt. Es gab dafür sogar Einzelzellen hier im Lager, hatte Hermann Hans zuvor erklärt.

Für Hans war allerdings ein völlig anderer Aspekt an diesem Verhandlungstag das Wichtigste. Er war sehr erstaunt, als Liv in den Saal gerufen wurde, um ebenfalls als Zeugin auszusagen. Er hörte gerne ihre Stimme, nahm jede ihrer Gesten wahr, betrachtete ihr halblanges blondes Haar, das sie manchmal mit der Hand hinters Ohr strich, ihre auffallend schöne Nase, von der er gleich am ersten Abend kaum seine Augen lassen konnte, ihre blauen Augen. Als sie ihn unter den Zuschauern entdeckt hatte, umspielte ein Lächeln ihre Lippen.

Nach der Verhandlung hatte sich Hans von Hermann und Ursel verabschiedet. Es hatte den ganzen Nachmittag schon geschneit, der Wind ließ die Schneeflocken um das Gerichtsgebäude herumtanzen.

Er verharrte noch eine Weile in der Nähe des Ausgangs, bis er Liv herauskommen sah. Sie ging in die Richtung des Lagerausgangs, in der auch seine Baracke lag.

Liv hörte hinter sich im frischen Schnee Schritte knirschen und drehte sich um. Es war Hans. Er gab ihr mit einer Geste zu verstehen, dass sie einfach weitergehen sollte. Auf Höhe seiner Baracke holte er sie ein, nahm all seinen Mut zusammen und fragte, ob sie noch einen Moment mit zu ihm kommen würde. Liv schaute sich um, niemand war in der Nähe, sie nickte.

Zwischen Weihnachten und Silvester 2015
Berlin – Stahnsdorf

Lou klopfte vorsichtig an die Tür von Zimmer 31. Nachdem sie das „Herein" ihrer Oma vernommen hatte, traten Karsten und sie ein. Karsten hielt einen Blumenstrauß in der Hand und Lou konnte sehen, wie sehr sich ihre Oma darüber freute. „Ist der etwa für mich?", fragte sie überflüssigerweise. Sie erhob sich aus dem Sessel, nahm den Strauß entgegen und drückte Karsten freundlich die Hand.

Zunächst plauderten sie über das Leben in diesem Heim, über die Qualität des Essens, die Freundlichkeit des Pflegepersonals. Dann ging es jedoch um Marie-Luise.

„Lou, vor 10 Jahren, als dein Opa, mein Mann, starb, da wollte ich dir die Wahrheit sagen. Aber deine Mutter war absolut dagegen. So musstest du nun über den ´Umweg Karsten Wagner` von all dem erfahren. Das tut mir leid. Ich hätte mich eher durchsetzen sollen." „Ja, Oma, das wäre besser gewesen. Aber ich freue mich, dass du nun bereit bist, darüber zu reden."

Karsten Wagner hielt sich zurück, die beiden würden jetzt viel klären.

Marie-Luise hatte damals keinen Ausreiseantrag stellen wollen, denn sie wollte die Familie, insbesondere ihren Vater, nicht in Schwierigkeiten bringen. Der Vater war örtlicher Funktionär in der SED, mit Überzeugung staatstreu. So war der Gedanke gereift, durch die Flucht zu ihrer großen Liebe nach Verden zu kommen. Heimlich aus dem Haus, zur Grenze Richtung Lüchow-Dannenberg, irgendwie durch den Grenzstreifen in den Westen. Doch hier endete ihr Leben, die Schüsse führten zum sofortigen Tod.

„Lou, es tut mir wirklich leid, dass wir so lange die Lüge von einem Unfalltod aufrechterhalten haben," brachte Else hervor und fing an zu weinen. Lou tätschelte ihre Hand: „Erzähle bitte weiter, Oma."

„Dein Opa konnte es lange nicht begreifen, dass seine geliebte Marie-Luise in den Westen wollte." Dann holte sie tief Luft und redete weiter. „Das war nicht die einzige Lüge, Lou", jetzt brach sie vollkommen in Tränen aus. Schluchzend redete sie weiter: „Wir haben dir und auch nicht deiner Mutter – sie war ja 10 Jahre jünger als Marie-Luise – nie die Wahrheit gesagt: Marie-Luise war nicht unser Kind, wir haben sie adoptiert." Karsten sah die große Verwunderung in den Augen von Lou. „Was? Mama und Marie-Luise sind gar keine Schwestern? Jedenfalls nicht im leiblichen Sinn…?"

Es fiel Else sichtlich schwer, aber nach und nach gewann sie ihre Fassung zurück. „Auch Marie-Luise hat nie erfahren, dass sie ein Adoptivkind war. So wuchsen die beiden vollkommen als Schwestern auf."

Sie und ihr Mann hatten damals gedacht, dass er keine Kinder zeugen konnte. Zwei Jahre lang war sie nicht schwanger geworden, dann war die Idee der Adoption aufgekommen. Ihr Mann sah gute Chancen dafür, schließlich war er ein wichtiger SED-Funktionär. Und tatsächlich wurde ihnen bald ein gerade zwei Monate altes Baby zur Adoption angeboten. Beide hatten Marie-Luise, ihr Baby, vom ersten Tag an geliebt wie ein eigenes Kind. Und dann wurde Else neun Jahre später doch schwanger, Lous Mutter wurde geboren, Marie-Luise bekam eine kleine Schwester.

Nach dieser ´Beichte` hatte Else keine Kraft mehr. Sie hatte Lou und Karsten gebeten, morgen noch einmal wiederzukommen. Dann würde sie gerne einiges aus Marie-Luises Kindheit erzählen.

Abends im Hotel drehte Karsten die Heizung auf, das Zimmer war doch ausgekühlt, dann setzte er sich umgehend an den Laptop, um mehr über Adoptionen in der damaligen DDR zu erfahren. Das Internet war dafür doch eine großartige Möglichkeit, dachte er und las nach wenigen Tastendrücken:

Die Annahme an Kindes Statt (Adoption) war in den §§ 66-78 des Familiengesetzbuches der DDR (FGB) geregelt. Nach § 69 Abs. 3 FGB konnte die Einwilligung der Eltern des Kindes erteilt werden, ohne dass diese die Person und den Namen des Annehmenden erfuhren. Von dieser früher allgemein üblich gewesenen Möglichkeit einer sogenannten Inkognitoadoption wurde in der DDR ausschließlich Gebrauch gemacht (siehe hierzu Peter G. Kühn, in: „Adoptierte auf der Suche nach ihrer genealogischen Verwurzelung", S. 77/78 sowie Michael-Janitzki, in: „Adoption in der DDR", S. 88/89).

Durch die Adoption wurde zwischen dem Annehmenden und dem angenommenen Kind ein Eltern-Kind-Verhältnis mit allen sich daraus ergeben-den Rechten und Pflichten begründet (vgl. § 66 FGB).

Die Einleitung einer Adoption erfolgte i. d. R. durch einen Antrag der (vorgesehenen) Adoptiveltern bei dem zuständigen Referat Jugendhilfe. Die Entscheidung über diesen Antrag erfolgte durch einen entsprechenden Beschluss des Jugendhilfeausschusses (vgl. § 68 Abs. 1 FGB und §§ 21 Abs. 1, 18 Abs. 1 Nr. 2c) sowie 16 Jugendhilfeverordnung der DDR [JHVO]).

Die Annehmenden mussten in der Lage sein, allen - aus Sicht des Staates maßgeblichen - Anforderungen an die Kindererziehung gerecht werden zu können. Neben der Erfüllung der in § 43 FGB geregelten Pflichten zur Sicherstellung der elementaren Grundbedürfnisse des Kindes gehörte hierzu insbesondere auch die Gewährleistung und Sicherstellung des in § 42 FGB verankerten „sozialistischen Erziehungsziels".

Ersetzung der elterlichen Einwilligung (§ 70 Abs. 1 FGB)

Gemäß **§ 70 Abs. 1 FGB** bestand die Möglichkeit, dass auf Klage des Organs der Jugendhilfe die Einwilligung der Eltern durch Entscheidung des Gerichts ersetzt wurde, wenn

- die Verweigerung dem Wohl des Kindes entgegenstand oder
- sich aus dem bisherigen Verhalten eines Elternteils ergab, das ihm das Kind und seine Entwicklung gleichgültig waren.

Nach der **Richtlinie des Obersten Gerichts der DDR (OG-Richtlinie) Nr. 25 zu Erziehungsrechtsentscheidun-gen vom 25.09.1968** *stand die Weigerung zur Adoptionsfreigabe dem Wohl des Kindes entgegen, wenn die leiblichen Eltern den Minimalanforderungen an eine geordnete Familienerziehung nicht gerecht werden (können) und zugleich eine Adoptivfamilie vorhanden ist, die dem Kind eine im Sinne der Ziele der §§ 42, 43 FGB bessere Erziehung bieten könnte (s. OG-Richtlinie Nr. 25 E Rdz. 41).*

Leider konnte Karsten keine Informationen zum Stand des Adoptionsrechts im Jahr 1947 finden. Die DDR wurde erst 1949 gegründet, Marie-Luise allerdings schon 1947 adoptiert. Er ging davon aus, dass in der sowjetischen Besatzungszone Deutschlands und im entsprechenden Teil der Viersektorenstadt Berlin ähnliche Regelungen galten. Oder war die Adoption damals nur durch die Beziehungen von Elses Mann möglich geworden? An anderer Stelle las Karsten noch, dass Adoptiveltern frei darin waren, dem Kind einen anderen Namen zu geben. Ihm schwirrten viele Fragen im Kopf herum: Wie hieß Marie-Luise vor ihrer Adoption? Hatten sie den Namen gar nicht geändert? Welches Schicksal steckte dahinter, dass sie zur Adoption freigegeben wurde? Gab es eine Einwilligung der leiblichen Eltern? Hatte Marie-Luise Verwahrlosung gedroht? Oder waren ihre leiblichen Eltern politisch unzuverlässig? Wussten Else und ihr Mann etwas über die leiblichen Eltern? Vielleicht würde er Else morgen beim nächsten Besuch einige der Fragen stellen können. Karsten schlief sehr unruhig in der Nacht.

Januar 1946
Flüchtlingslager Oksböl

Wie hat der Sturm zerrissen
des Himmels graues Kleid!
Die Wolkenfetzen flattern
umher in mattem Streit.

Und rote Feuerflammen
zieh´n zwischen ihnen hin:
Das nenn ich einen Morgen
so recht nach meinem Sinn!

Mein Herz sieht an dem Himmel
gemalt sein eig´nes Bild –
Es ist nichts als der Winter,
der Winter, kalt und wild!

(´Der stürmische Morgen` aus „Die Winterreise")

Ein kalter Wind zog den ganzen Tag über das Lager. Am Abend hatte er sich etwas gelegt, frostige Temperaturen blieben.

Liv setzte sich im Mantel auf den Stuhl am Tisch. Hans machte rasch ein Feuer im Ofen und schob den zweiten Stuhl an den Tisch heran. Beide schauten sich an, unsicher, was sie sagen sollten. Hans stand auf und legte Holz nach. Noch am Ofen stehend wandte er sich Liv zu.

„Liv, ich habe keine Ahnung, was mit mir los ist. Du bist Dänin, ich Deutscher, wir dürften keine Kontakte haben. Aber seit dem Abend, an dem du hier vor dem Fenster standest, denke ich ständig an dich. Und als ich dich vorhin im Gerichtssaal sah…"

Liv stand einfach auf, ging um den schmalen Tisch und umarmte Hans fest von hinten. Keiner sprach ein Wort. Nach einer Zeit löste Liv sich wieder von ihm. „Ich sollte jetzt besser gehen, auf Wiedersehen, Hans." Mit diesen Worten strebte sie zur Tür. Hans blickte ihr erstaunt nach und hörte die Schritte im Schnee mit wachsender Entfernung leiser werdend.

Am übernächsten Abend klopfte es bei Hans an der Barackentür. Als er die Tür öffnete, huschte Liv wortlos an ihm vorbei. Es war warm, sie legte ihren Mantel auf dem Bett ab. „Hat dich auch niemand gesehen?", fragte Hans besorgt. Anstatt eine Antwort zu geben, ging Liv die wenigen Schritte auf Hans zu, legte ihren Finger auf seine Lippen, „pscht…", flüsterte sie leise und dann berührten schon ihre Lippen die von Hans. Er ließ es zu, nein, er erwiderte den Kuss, sie hielten sich umarmt.

Sie lösten sich voneinander. Schon kurz darauf umfasste Hans mit beiden Händen zärtlich ihr Gesicht, schaute in ihre Augen und küsste sie sanft. Livs Gesicht so nah bei ihm - das hatte er sich nicht vorzustellen gewagt - und ihre Haut roch noch nach Schneeluft

Wieder blieb Liv nicht lange. Als sie gegangen war, erlaubte sich Hans keine Gedanken an die Zukunft, er wollte einfach in diesem Moment, in diesem Glück verharren.

Liv wusste, dass sie ihren Eltern und auch ihren Freundinnen nichts davon erzählen durfte. Wie gerne würde sie Hans ihre Welt zeigen, die Welt außerhalb des Lagers, mit Hans durch die Kälte und gegen den Wind am Strand von Blåvand Richtung Leuchtturm wandern, im Sommer im Meer schwimmen, den Sonnenuntergang gemeinsam beim Leuchtturm erleben, später in der Dunkelheit die Gedanken dem herumschweifenden Lichtstrahl des Leuchtturms folgen lassen. Oder beim Bäcker Brötchen für das gemeinsame Frühstück aussuchen. Durfte sie wenigstens von einer solchen Zukunft träumen?

Februar 1946
Flüchtlingslager Oksböl

Hans und Liv hatten mittlerweile eine Absprache getroffen. Nach dem Wochenende, am Montag sowie vor dem Wochenende am Freitag fanden ihre Treffen in dem kleinen Zimmer in der Baracke statt. Sie hatten jeweils etwas mehr als eine Stunde Zeit. Liv hatte zuhause ihren Eltern erzählt, dass sie an diesen Tagen etwas länger arbeiten musste. Montags musste ein Medikamenten-Wochenplan erstellt werden, freitags die Dokumentation über die wöchentliche Entwicklung der Patienten und dafür brauchte sie jeweils eine zusätzliche Stunde, das klang glaubhaft. Sie konnte an diesen Tagen im Schutz der Dunkelheit zu Hans hineinhuschen.

Beide hatten zuvor noch keine intensiveren körperlichen Erfahrungen. Nach einem Monat vorsichtiger Annäherung hatten sie ihre Bestimmung füreinander gefunden. Selbst das schmale Bett stellte kein Problem dar. Die Seelen fühlten sich vom ersten Moment an verbunden, die Körper fanden den Weg zueinander.

Manchmal sprachen sie nicht viel, überließen sich ihren Gefühlen. Manchmal erzählten sie sich gegenseitig von ihrer Kindheit. Die Zukunft klammerten sie aus. Beiden war klar, dass ihre Zukunft vollkommen ungewiss war. Umso mehr hielten sie den Moment fest.

Januar 2016
Verden-Eissel

Anne saß mit ihrem Freund Stefan an Karstens Küchentisch. Er war einverstanden, dass Stefan mitkommen durfte, wann immer er wollte. Schließlich besprach Anne ohnehin alles mit ihm. Der schwarze Tee stand auf dem Stövchen, Kandis und ein kleines Sahnekännchen daneben, Kuchenstücke lagen auf den Tellern. „Karsten, wir sind so gespannt, was du von Lou`s Oma erfahren hast!"

Das Erstaunen war nach Karstens Bericht groß. Anne hatte während des Berichts fast die gleichen Fragen gestellt, die sich auch Karsten hinsichtlich der Adoption aufgedrängt hatten. Genauso wie er waren Anne und Stefan enttäuscht, dass das zweite Treffen im Altenheim ausgefallen war. Else hatte am Morgen einen Pfleger anrufen lassen, dass sie sich nicht gut fühlen würde, Kopf- und Gliederschmerzen. „Es war wohl etwas zu viel für sie am Tag zuvor", folgerte Karsten. Sie hatte allerdings ausrichten lassen, dass Karsten weiterhin per Brief Kontakt halten dürfe. Sie würde dann sicherlich noch einiges zur Klärung beitragen können. Und Lou konnte sie ja ohnehin zu jeder Zeit besuchen. „So müssen wir für die Antworten auf unsere Fragen noch etwas Geduld haben", zuckte Karsten mit den Achseln.

Plötzlich ergriff Stefan das Wort. „Karsten, wir haben auch eine Neuigkeit. Er blickte zu Anne und sagte: „Los, erzähl schon!" „Karsten, ich bin... schwanger. Wir freuen uns sehr darüber und der voraussichtliche Geburtstermin ist im Juli."

Mai 1946
Flüchtlingslager Oksböl

Liv und Hans hatten es geschafft, nun schon beinahe vier Monate nicht entdeckt worden zu sein. Obwohl die länger werdenden Tage den Schutz der Dunkelheit immer mehr nahmen. Hans hatte sich solch ein Liebesglück nicht vorstellen können. Liv ging es genauso. Allerdings fing jeder für sich an, ohne es dem anderen einzugestehen, über die Zukunft nachzudenken.

Immer noch konnten nur sehr wenige Deutsche zurück nach Deutschland einreisen. Würde Liv eines Tages mitkommen? Eltern, Freundinnen, die Heimat verlassen, um mit ihm zu leben? Als Fremde, als Dänin in Deutschland? Oder sollte Hans versuchen, in Dänemark zu bleiben? Es würden bei der eines Tages fälligen Auflösung des Lagers sicherlich Arbeitskräfte zum Abbau benötigt. Angesichts des Mangels an Gebrauchsgegenständen und vor allem Baumaterials in ganz Dänemark würden manche Gebäude sicherlich woanders als Schulen, Werkstätten oder Kindergärten gebraucht werden. Sollte sich Hans dann für diese Arbeiten bewerben? Würde er als Deutscher in Blåvand akzeptiert?

Eines Abends wirkte Liv bedrückt, diese Stimmung kannte Hans an ihr nicht. Sie hatte traurige Augen, ihr Lächeln nicht so leicht und offen wie sonst. Als er sie darauf ansprach, erwiderte sie, dass sie heute Abend noch nicht darüber sprechen wolle. Liv wusste, sie musste jetzt stark sein. Er solle sich keine Gedanken machen. Mit diesen Worten drehte sie sich zu Hans und küsste ihn mit einer vollkommenen Leidenschaft, presste sich an ihn, voller Hingebung. Hans war überwältigt, glücklich. Er ahnte nicht, dass es ihr letzter Abend sein würde.

Liv hatte in den beiden Wochen zuvor die Anzeichen nicht mehr übersehen können. Morgens wachte sie mit leichtem Brechreiz auf, sie fühlte sich ständig müde, ihre monatliche Blutung war nun schon mehr als vier Wochen überfällig. Sie war schwanger, sie trug ein Kind von Hans im Bauch.

Wie sollte sie das ihren Eltern beibringen? Ein Kind und dann noch eines Deutschen? Ihre Eltern würden schon nicht verstehen, warum sie sich überhaupt auf eine solche Beziehung hatte einlassen können. Doch sie wohnte bei ihren Eltern, konnte sicherlich irgendwann ihren Zustand nicht mehr vor ihnen verbergen. Und auch nicht vor allen anderen.

Am Tag nach ihrem letzten Besuch bei Hans brach sie abends im Wohnzimmer ihrer Eltern in einer Tränenflut zusammen. Die Verzweiflung hatte Überhand gewonnen, sie fühlte sich ohnmächtig, ihr weiteres Leben in die Hand zu nehmen.

In den folgenden beiden Tagen meldete sich Liv beim Hospital krank und verließ nicht das Haus. Nach schmerzhaften, fassungslosen Vorwürfen und anschließenden Stunden voll bitterem Schweigens hatte ihre Mutter ihr die Lösung präsentiert: Liv würde im Hospital kündigen müssen und zu ihrer Tante nach

Kopenhagen ziehen, damit niemand im Ort von der Schwangerschaft erführe. Das Kind würde sofort nach der Geburt zur Adoption freigegeben. Zu Hans kein Kontakt mehr, kein Wort über die Schwangerschaft.

Liv fand in ihrer Verzweiflung keinen anderen Ausweg. Sie musste sich dem Vorschlag ihrer Mutter fügen.

Hans wartete nun schon eine halbe Stunde auf Liv. Sie war immer pünktlich, was war vorgefallen? Er ging vor die Tür und entdeckte, eingeklemmt in einem Schlitz der Barackenwand, einen Brief.

Mein über alles geliebter Hans,
du wirst mich heute vermissen. Ich bin mir sicher, du wirst mich an vielen weiteren Tagen vermissen. Und ich dich auch! Unseren letzten gemeinsamen Abend werde ich nie vergessen, unsere wunderbaren Monate auch nicht. Ich kann es dir nicht erklären, auch wenn ich es gerne würde. Ich habe im Hospital gekündigt und werde zu meiner Tante nach Kopenhagen ziehen.
Wir werden uns nicht wiedersehen.

In großer Liebe, Deine Liv

Hans rang mit dem Atem, er stöhnte, er sank auf den Stuhl und weinte hemmungslos. Er begriff nichts, er verstand das Ganze nicht. Wie konnte das sein? Er hatte doch in jedem Moment gespürt, wie sehr sie sich liebten. Nach einer langen Zeit kam er etwas zu sich.

Als er auf das Grammophon blickte, erinnerte er auf einmal, welches Lied er am Abend zuvor gehört hatte.

Die Nebensonnen

Drei Sonnen sah ich am Himmel steh´n
hab´ lang und fest sie angeseh´n;
und sie auch standen da so stier,
als wollten sie nicht weg von mir.

Ach, meine Sonnen seid ihr nicht!
Schaut andern doch ins Angesicht!
Ja, neulich hatt´ ich auch wohl drei:
Nun sind hinab die besten zwei.

Ging nur die dritt´ erst hinterdrein!
Im Dunkeln wird mir wohler sein.

Er erhob sich vom Stuhl, ging raschen Schrittes zum Regal, griff die Schellackplatten und zerbrach sie.

Februar 2016
Verden-Eissel

„Hier ist Karsten. Anne, möchtet ihr morgen wieder zum Kaffee kommen? Es gibt Neuigkeiten, Lou`s Oma hat auf einige meiner Fragen geantwortet. Ich möchte das aber nicht am Telefon erzählen...". Die Zusage kam prompt. „Gerne, Karsten, wir sind sehr gespannt!"

Als sie am nächsten Tag mit Blick auf den Bechstein-Flügel an der Kaffeetafel saßen, begann Karsten den Inhalt des Briefes zu erzählen. „Marie-Luise, den Namen hatte Else bei der Adoption ausgesucht und ihr Mann war einverstanden, vorher hieß die Kleine Jonna." Stefan googelte rasch die Bedeutung dieses Vornamens und warf ein „Jahwe ist gnädig bzw. gütig, Jahwe hebräisch für Gott." „Ob die Eltern diese Bedeutung kannten und bewusst den Namen gewählt hatten", fragte Anne in die Runde.

„Nicht d-i-e Eltern", entgegnete Karsten, „die Mutter weigerte sich schon bei der Geburt, den Namen des Vaters anzugeben und sie allein gab ihrem Kind diesen Vornamen. Der Vater war nicht beteiligt und ist bis heute unbekannt geblieben.

Karsten fuhr fort: „Und ungewöhnlich ist auch die Herkunft des Babys. Es wurde in Dänemark zur Adoption freigegeben. Über den örtlichen SED-Vorsitzenden, der Verwandte in Kopenhagen hatte, wurde der Kontakt vermittelt. Näheres wusste Else dazu auch nicht, sie waren damals einfach nur glücklich, dass sie ein Baby bekamen. Ach ja, eines noch, durch die mitgelieferte Geburtsurkunde aus Kopenhagen erfuhren sie den Namen der Mutter, Liv Christiansen. Über die Umstände, warum diese Liv ihr Kind abgab, erfuhren sie nichts. Und es gab wohl nur sogenannte Inkognitoadoptionen.

Deshalb hätte Liv nie erfahren können, selbst wenn sie es später gewollt hätte, wer ihr Kind adoptiert hat."

Januar 1947
Kopenhagen

Liv reinigte am Nachmittag die Klassenräume der Sankt Petri Schule. Ihre Tante hatte ihr die Putzstelle an dieser deutsch-dänischen Schule verschafft. So hatte sie wenigstens eine Aufgabe in den Monaten, in denen sie auf die Geburt wartete.

Wann immer sie ihr heranwachsendes Baby im Bauch verspürte, dachte sie an Hans, an ihre große Liebe. Wie mochte es ihm im Lager ergehen? War er noch dort oder schon wieder in Deutschland? Dachte er noch an sie? Häufig kamen ihr die Tränen. Wie gerne hätte sie mit ihm ein gemeinsames Leben aufgebaut.
Aber sie durfte nicht einmal das Kind von ihm behalten.

Wieder einmal in solchen Gedanken versunken, setzten plötzlich heftige Wehen ein. Und beinahe gleichzeitig schoss das Fruchtwasser aus ihr heraus, sie taumelte, konnte gerade noch ihre Kollegin im Nachbarsraum rufen. Dann ging alles schnell, ein Krankenwagen, die Entbindungsstation im Frederiks-berg Hospital, nach fünf Stunden hielt sie ihr kleines Mädchen im Arm, Jonna. Im Wochenbett gab sie ihr alle Liebe mit, die sie aufbringen konnte, beim Stillen, beim Wickeln, beim Einschlafen, in der Hoffnung, dass diese Liebe Jonna ihr Leben lang begleiten würde.
Mehr Zeit blieb ihr nicht.

Sie musste bereits nach einer Woche die Adoptionspapiere unterschreiben und hatte keine Vorstellung davon, was weiter mit ihrem Baby passierte. Es gab nicht einmal ein Foto, es verblieb nichts von ihrer Tochter außer dem kleinen rosa Bändchen, das man ihr mit dem Namen ´Jonna Christiansen` um das Handgelenk gebunden hatte. Das hatte sie heimlich abgeschnitten, bevor sie ihr genommen wurde.

In den Tagen darauf, nach der Entlassung aus dem Krankenhaus, verkroch sich Liv häufig in dem Zimmer, das sie bei ihrer Tante in den letzten Monaten bewohnt hatte. Sie starrte immer wieder die Eisblumen an, die sich in der Kälte am Fenster bildeten. Sie glaubte, gefrorene Tränen zu weinen.

Wenn Liv überhaupt einmal ihr Zimmer verließ, zog es sie immer wieder an zwei Orte, zur Kleinen Meerjungfrau und zum Assistenz-Friedhof im Stadtteil Nørrebro. Dort ging sie unter den hohen Pappeln meistens zielstrebig zum Grab von Hans Christian Andersen, dem dänischen Dichter, der neben vielen anderen Märchen auch das vom Mädchen mit dem Fischschwanz geschaffen hatte.

1837 veröffentlicht wurde die Geschichte von der Sehnsucht nach dem Unerreichbaren über Generationen lebendig gehalten. Die Meerjungfrau träumt davon, mit dem Prinzen zu leben, den sie vor dem Ertrinken gerettet hat – und von einer unsterblichen Seele, die sie nur durch die Liebe eines Menschen erhalten kann. Sie lässt sich von der Meereshexe in einen Menschen verwandeln. Der Preis: Sie kann nie wieder zu ihrer Familie ins Meer hinabsteigen und verliert ihre Stimme. Doch ihr Prinz hat nur Augen für seine vermeintliche Retterin, die Prinzessin, die ihn nach der Rettung durch die Meerjungfrau zufällig am Strand fand.

In dieser traurigen Liebesgeschichte fand sich Liv in gewisser Weise wieder, auch „ihr Prinz", ihre „große Liebe Hans" würde für sie offensichtlich unerreichbar bleiben.

Die 1913 geschaffene Statue der Meerjungfrau drückte mit ihrer Körperhaltung und dem melancholischen Blick Livs Gefühle aus. Wenn gegen Abend kaum noch Menschen hier waren, saß Liv lange auf einer Bank vor der Statue und blickte gedankenversunken über das Meer.

Januar bis März 1947
Flüchtlingslager Oksböl

Ich such´ im Schnee vergebens
nach ihrer Tritte Spur,
wo sie an meinem Arme
durchstrich die grüne Flur.

Ich will den Boden küssen,
durchdringen Eis und Schnee
mit meinen heißen Tränen,
bis ich die Erde seh´.

Wo find ich eine Blüte,
wo find ich grünes Gras?
Die Blumen sind erstorben,
der Rasen sieht so blaß.

Soll denn kein Angedenken
ich nehmen mit von hier?
Wenn meine Schmerzen schweigen,
wer sagt mir dann von ihr?

Mein Herz ist wie erstorben,
kalt starrt ihr Bild darin:
Schmilzt je das Herz mir wieder,
fließt auch ihr Bild dahin!

(´Erstarrung` aus „Die Winterreise")

Es waren schon so viele trostlose Monate vergangen, seit Liv ihn verlassen hatte. An wie vielen Abenden hatte Hans den Brief in der Hand gehalten, ihn erneut fassungslos gelesen, geweint. Manchmal verspürte er auch Wut, fragte sich, warum Liv ihm das angetan, warum sie keine Erklärung gegeben hatte. Häufiger erfasste ihn jedoch eine ungeheure Sehnsucht nach Liv, nach ihrer Liebe.

Auch Ursel, Livs Arbeitskollegin, hatte keine Ahnung, was Liv dazu gebracht hatte. Ursel konnte Hans nur berichten, dass Liv sich krankgemeldet hatte und dann gar nicht mehr zur Arbeit erschienen war, gekündigt hatte. An weitere Informationen konnte man nicht gelangen, niemand der Deutschen durfte das Lager verlassen.

Die Situation war für Hans unerträglich. Deshalb hatte er sich beim Bürgermeister des Lagers erkundigt, ob es eine Möglichkeit gab, bald nach Deutschland zurückzukehren. Er erfuhr, dass dafür eine Bescheinigung des für den Aufnahmeort zuständigen Bürgermeisters sowie eine Unbedenklichkeitserklärung des zuständigen Wohnungsamtes vorliegen müssten.

Wohin sollte er? Seine Heimat in Ostpreußen war verloren, seine Eltern bei einem Bombenangriff 1944 verstorben, Geschwister hatte er nicht.

Seine einzige Chance sah er darin, herauszufinden, wo sein Onkel Gerhard nach der Flucht untergekommen war. Vielleicht konnte er hier im Lager bei der Station des Suchdienstes dazu etwas erfahren. Es gab dort so viele Namen und Fotos. Aufgabe des Suchdienstes war es schließlich, ausgebombte, vermisste, verschleppte oder vertriebene Menschen wieder ihren Familien zuzuführen.

Hans hatte großes Glück. Schon zwei Monate später konnte er das Lager in Richtung Norddeutschland verlassen. Der Aufenthaltsort seines Onkels Gerhard war gefunden worden, er lebte in Bremen. Und sein Onkel hatte schriftlich erklärt, ihn aufnehmen zu können. Die erforderlichen Unterlagen hatte er beigefügt.

Zuerst kam das Durchgangslager Kolding und am 19. März erreichte Hans das noch weitgehend in Trümmern liegende Bremen.

März 1947
Blåvand

Wie eine trübe Wolke
Durch heit´re Lüfte geht,
wenn in der Tanne Wipfel
ein mattes Lüftchen weht:

So zieh ich meine Straße
dahin mit trägem Fuß,
durch helles, frohes Leben,
einsam und ohne Gruß.
Ach, daß die Luft so ruhig!
Ach, daß die Welt so licht!
Als noch die Stürme tobten,
War ich so elend nicht.

(´Einsamkeit` aus „Die Winterreise")

Ende März hatte Liv die Kraft, wieder zu ihren Eltern
zurückzukehren. Die Fltern hatten im Ort erzählt, dass
Liv die Arbeit in Kopenhagen nicht mehr so gefallen
hätte, die Großstadt für sie zu anonym gewesen wäre
und sie gerne wieder in Blåvand leben wollte.

Liv wollte alles daransetzen, unabhängig zu werden und
in eine eigene Wohnung zu ziehen, sei sie auch noch so
klein. Sie musste Arbeit finden. Am zweiten Tag nach
ihrer Rückkehr entschloss sich Liv zu einem längeren
Spaziergang am Strand in Richtung Leuchtturm. Am
Meer konnte sie meistens klare Gedanken fassen. Die

Sonne entfaltete schon einige Kraft, der Frühling kündigte sich an.

Sie ließ die deutschen Bunkeranlagen hinter sich und blickte auf den strahlend weiß erscheinenden Leuchtturm von Blåvandshuk auf den Dünen von Horns Bjerge. Wenn sie den Leuchtturmwärter in seiner kleinen Wohnung am Fuße des Turms antreffen würde, würde sie ihn um die Erlaubnis bitten, die 170 Stufen aufsteigen zu dürfen. Die Aussicht hatte sie schon viele Male genossen

Außer Atem erreichte sie die Plattform in 39 m Höhe. Sie wanderte langsam entlang der Begrenzungsmauer, blickte in Richtung Südosten über den Blåvand Strand und konnte ihr Elternhaus ausmachen, in Richtung Norden zum Vejers Strand und in Richtung Osten über die Heidelandschaft mit dem Flüchtlingslager. Sie erkannte in der Ferne das Hospital und fast daneben den Sportplatz. Nach wie vor herrschte reges Treiben, die vielen Menschen wirkten von hier wie kleine Figuren in der Landschaft.

Ihre Eltern hatten erzählt, dass schon einige Flüchtlinge nach Deutschland zurückgekehrt waren und dänische Kräfte nicht mehr eingestellt wurden. Ob Hans noch dort war? Liv konnte es nicht ertragen, in Blåvand zu sein, ohne zu wissen, ob Hans noch im Lager lebte. Sie fürchtete eine Begegnung mit ihm - Was sollte sie sagen? Und wie würde er ihr begegnen? – aber sie konnte nicht in der Ungewissheit leben. Sie würde am nächsten Tag um Einlass in das Lager bitten mit dem Vorwand, sie hätte bei ihrer Kündigung versehentlich noch persönliche Unterlagen im Hospital gelassen. Und vielleicht würde sie Ursel antreffen.

Der Einlass hatte funktioniert. Auf dem Weg zum Hospital kam sie an der Baracke von Hans vorbei, sie wirkte verlassen. Ein rascher Blick durch das Fenster bestätigte ihren Eindruck, hier wohnte zurzeit niemand. Von den Nachbarn war ebenfalls niemand anzutreffen.In der Nähe des Krankenhauses sah sie Hermann, der in seiner Frühstückspause mit einem Kollegen vor der Metallwerkstatt stand. Als er sie erblickte, ruderte er mit den Armen und rief ihr zu: „Liv, Liv, komm her!"

Sie wäre gerne schnell ins Hospital verschwunden, aber das konnte sie Hermann, Ursels Mann, nicht antun. Sie blockte allerdings alle Fragen ab, gab auch jetzt keine Erklärung für ihr plötzliches Verschwinden im letzten Jahr. Nebenbei hatte Hermann erzählt, dass auch sein Kollege Hans recht plötzlich das Lager verlassen hatte. Erst vor drei Wochen hatte er erstmals von seiner Ausreiseerlaubnis nach Deutschland berichtet und war in der Woche darauf schon abgereist, „nach Norddeutschland, nach Bremen", hatte Hermann hinzugefügt.

Danach hatte Liv keine Kraft mehr, noch in das Hospital zu gehen, um ihre ehemalige Kollegin Ursel zu sehen. Sie wartete in der offenen Tür des Hospitals, bis Hermann und sein Kollege die Frühstückspause beendet hatten und ging dann mit zügigen Schritten Richtung Lagerausgang.

Hans hatte sich schon ein wenig eingelebt. Er mochte sein Zimmer, wenngleich der Ausblick auf das zerbombte, zu großen Teilen in Trümmern liegende Steintorviertel ihn an die Kriegsgräuel erinnerte. Sobald er das Haus verließ, sah er allerdings an vielen Stellen fleißige Frauen, die „Trümmerfrauen", die harte Arbeit verrichteten, Schutt und Steine beseitigten, damit Neues entstehen konnte.

Sein Onkel lebte allein, seine Frau war vor zwei Jahren an Krebs verstorben. So war er dankbar, in Hans einen Mitbewohner und Gesprächspartner zu haben, hatte in den ersten Tagen viele Fragen gestellt, wollte mehr über Hans´ Leben erfahren. Doch Hans beschrieb hauptsächlich nur das Alltagsleben im Lager Oksböl, erwähnte auch Arbeitskollegen und seine Nachbarn. Von Liv erzählte er selbstverständlich nichts.

Nach einigen Wochen hatte er die ersehnte Zusage, Hans konnte „beim Borgward" anfangen. Das Werk in Bremen-Sebaldsbrück wurde zwar bei dem Luftangriff im Oktober 1944 zu mehr als der Hälfte zerstört, aber seit Kriegsende bauten Mitarbeiter zunächst aus noch vorhandenen Teilen im Werk ein früheres Wehrmachts-Lkw-Modell weiter und fertigten auch mit den wieder instandgesetzten Maschinen neue Teile. Metallarbeiter wurden gebraucht.

Hans hatte schon gehört, dass der Chef und Gründer Carl Borgward wegen seiner NSDAP-Mitgliedschaft zurzeit das Werk nicht leiten, nicht einmal betreten durfte. Doch es liefen Entnazifizierungsverfahren, er würde sicherlich bald wieder die Leitung übernehmen. Und es hieß, dass er bereits an einem Entwurf für den Borgward Hansa 1500 arbeiten würde, einem Mittelklasse-PKW. Hans war zuversichtlich, dass das Automobilwerk Zukunft hatte.

Am Abend las er gerne bei seinem Onkel den „Weser-Kurier", denn Hans wollte seine neue Heimat von möglichst vielen Seiten kennenlernen. So hatte er beispielsweise den Bericht der „Bauleitung Aufräumung" des Senators für Bauwesen gründlich studiert. „53385 Bremer Männer, Frauen und Schulkinder im Volkseinsatz hatten über 10 Millionen Ziegelsteine gewonnen, 400 Tausend Kubikmeter Schutt bewegt und damit 60 Tausend Quadratmeter Grundstücksfläche freigelegt. Und 8500 Quadratmeter Heizkörper sowie 1300 Quadratmeter Vorgartengitter konnten den Trümmern entrissen werden." Ja, das hatte er deutlich vor Augen geführt bekommen, beim Weg zur Arbeit oder wenn er aus dem Fenster blickte.

Sein Onkel hatte ihm erzählt, dass die Lizenz zur Herausgabe des Weser-Kuriers von der amerikanischen Militärregierung bereits im September 1945 erteilt worden war. Stolz hatte er ihm die allererste Ausgabe vom 19. September 1945 gezeigt, die er in seinem Schreibtisch aufbewahrte.
Bei diesem Gespräch erfuhr Hans mehr über die politische Ausrichtung seines Onkels, denn der zeigte begeistert auf den Kommentar von Hans Hackmack, dem Leiter der Zeitung.

„Schau mal, Hans, diese Zeitung soll für einen Neuanfang stehen!" Und er begann laut vorzulesen: „Wir wollen unter Demokratie aber auch nicht verstanden wissen jene kraftlose, rein formale deutsche Demokratie der Jahre vor 1933, die in verhängnisvoller Selbstentäußerung ihren Todfeinden die Waffen reichte, mit denen diese dann allen echten demokratischen Geist umbringen konnten. Die sich in den vergangenen zwölf Jahren als Feinde unseres Volkes erwiesen haben, bleiben ausgeschlossen aus den Reihen aufbauwilliger Kräfte!

In demokratischer Zusammenarbeit vereinigen sich nun im politischen Leben die Männer und Frauen, die sich zwölf Jahre lang nicht dem braunen Terror gebeugt haben." Sein Finger fuhr zwei Absätze tiefer. „Und hier, schau auch: Der gemeinschaftliche Wille, unser Dasein vor Anarchie zu retten, Hunger, Wohnungsnot, Arbeitslosigkeit und die Kälte kommender Wochen nach Kräften von uns fernzuhalten, siegte über alles Trennende der Zeit vor 1933. Die Reinigung des öffentlichen Lebens von den schuldbeladenen Nazis ist die unabdingbare Voraussetzung für die beginnende Neugestaltung."

Hans dachte sich, dass er einiges von seinem Onkel würde lernen können. Er ließ seinen Blick noch weiter über die erste Ausgabe der Zeitung wandern. „Belsen-Prozeß hat begonnen", war am auffälligsten. Sein Blick blieb aber an einer kleinen Notiz hängen: „Nürnberger Prozesse öffentlich. Der amerikanische Oberrichter Robert H. Jackson erklärte zu den bevorstehenden Nürnberger Prozessen: Die Öffentlichkeit ist in vollem

Umfang zugelassen. Die Presse wird sogleich nach den Zeugenvernehmungen Fotokopien aus den wichtigsten Zeugenaussagen erhalten."

Und direkt darunter las er: „Himmlers Familie in Nürnberg. Die Witwe und die Tochter Himmlers werden auf dem Luftwege aus Italien nach Nürnberg gebracht, um als Zeugen vernommen zu werden. Auch der frühere Außenminister von Neurath wird nach Nürnberg gebracht werden."

Hans fielen in dem Moment die von seinem Vorbewohner zurückgelassenen Briefe im Lager ein und erzählte seinem Onkel, wie er dadurch schreckliche Informationen über den Alltag des Krieges erhalten hatte. Allerdings auch private Informationen, der Verfasser der Briefe, Josef, war offensichtlich beheimatet in Verden, der Kleinstadt, die gerade mal 35 km von Bremen entfernt lag.

An einem anderen Abend erzählte sein Onkel von dem gerade zu Ende gegangenen harten Frostwinter in Bremen. Alle notdürftig reparierten Weserbrücken wurden vom Eisgang zerstört, die Neustadt war nur noch über eine Hängebrücke für Fußgänger zu erreichen. Der Mangel an Kohlen zum Heizen war so groß, dass die Schulkinder „Kohleferien" bekamen. Hunger war ein ständiger Begleiter, viele Bremer fuhren in überfüllten Zügen zum ´Hamstern` aufs Land und tauschten Wertsachen oder Kleidung gegen Speck, Wurst, Eier, Kartoffeln und Mehl. Hans wurde dadurch bewusst, dass er es im Lager Oksböl sehr gutgehabt hatte. Neben der Selbstversorgung hatten die Dänen jederzeit genug Nahrungsmittel geliefert.

Es war nun etwas mehr als ein Jahr her, dass Liv ihn so plötzlich verlassen hatte. Die Erinnerung an ihren letzten Abend in seiner Baracke und auch an die Monate zuvor war vollkommen lebendig in ihm, manchmal glaubte er, Liv noch spüren zu können. Ihr Lächeln, ihre Geste, die Haare hinter das Ohr zu streichen, ihr Atem, wenn sie nah beieinander lagen, heftiger werdend, wenn sie sich ganz einander hingaben. Er hatte auch ihr Selbstbewusstsein geliebt, ihre Unbekümmertheit in manchen Situationen, ihre Disziplin und Umsichtigkeit, die in ihren Erzählungen von der Arbeit im Hospital durchschienen. Seitdem hatte er keine Frau mehr länger angesehen, keine andere Frau hatte seine Aufmerksamkeit geweckt.

Als Hans wieder einmal in dieser Stimmung verharrte, traf er einen spontanen Entschluss. Er holte Briefpapier, er kannte schließlich die Adresse von Livs Eltern.

Geliebte Liv,
ich hoffe, dass Dich dieser Brief erreicht. Falls Du in Kopenhagen geblieben bist, werden ihn Deine Eltern Dir hoffentlich nachsenden. Ich bin nun nicht mehr im Lager, sondern bei meinem Onkel in Bremen untergekommen, die Adresse kannst Du dem Briefumschlag entnehmen.

Immer wieder habe ich darüber nachgedacht, warum Du mich verlassen hast. Immer wieder vergeblich. Ich fand nichts, dass mir eine Erklärung hätte geben können. Manchmal war ich wütend auf Dich. Aber dann spürte ich immer wieder ganz eindeutig, wie groß unsere Liebe war und wie sehr ich Dich immer noch liebe.

Wenn ich auch nichts über Deine jetzige Situation weiß, auch nichts über Deine damaligen Beweggründe, so sollst Du doch wissen, dass Du nach wie vor in meinem Herzen bist. Was Du daraus machen kannst oder wirst, liegt in Deinen Händen,

Dein Hans

Hans konnte nicht ahnen, dass Liv von diesem Brief nie etwas erfahren würde, dass ihre Eltern ihn nach Lesen des Absenders sofort ungeöffnet in den Müll werfen würden.

März bis April 2016
Verden (Aller)

Anne saß am PC, las die eingegangenen Emails. Dann sprang sie auf und lief in das Wohnzimmer. „Stefan, ich habe die Zusage!"

Sie hatte sich überlegt, während der Schwangerschaftsmonate nicht untätig auf das große Ereignis zu warten, hatte sich bei der „Verdener Aller Zeitung" als freie Mitarbeiterin beworben und in ihrem Lebenslauf auch auf ihren Bachelorabschluss in Politikwissenschaft und Geschichte hingewiesen.

Schon beim Bewerbungsgespräch in der Redaktion hatte sie ein gutes Gefühl gehabt und nun – drei Tage danach – kam schon die Zusage. Das Honorar würde nach der Zeilenanzahl des jeweiligen Artikels berechnet. Sie sollte hauptsächlich über das lokalpolitische Geschehen berichten, über Stadtratssitzungen, über Veranstaltungen von Parteien und über allgemeine Entwicklungen in der Stadt.

Das Telefon klingelte. „Hallo Anne, hier ist Karsten. Hast du einen Moment Zeit?" „Klar Karsten, was gibt's Neues?" „Naja, ich habe nochmal Kontakt zu Lous Oma aufgenommen. Und sie hat tatsächlich noch alle Adoptionsunterlagen aufbewahrt, darunter auch die Geburtsurkunde von Marie-Luise bzw. Jonna. Mich interessierte, ob Liv aus Kopenhagen stammte oder aus einem anderen Teil Dänemarks. Else las mir dann am Telefon vor, „Mutter: Liv Christiansen, geb. 01.06.1926 in Blåvand".

Sie könnte also noch leben, wäre jetzt fast 90 Jahre alt. Das würde ich gerne herausfinden…"

Anne platzte mit einer Idee dazwischen. „Karsten, ich habe gerade die Zusage von der VAZ erhalten, kann dort tatsächlich als freie Mitarbeiterin anfangen. Und mir fällt gerade ein, dass der Redakteur, der mich hauptsächlich beim Bewerbungsgespräch befragt hat, hinterher seinem Kollegen gegenüber von seinen Urlauben in Blåvand schwärmte, sich schon jetzt auf seinen nächsten Urlaub dort im Sommer freuen würde. Vielleicht könnte er dort eine Spur für uns finden. Der schien mir jedenfalls recht nett zu sein. Wenn ich im April dort mit meiner Arbeit beginne, frage ich ihn!" Karsten war verblüfft, mit solch einem Zufall hatte er nicht gerechnet. Im Internet hatte er unter dem Namen nichts gefunden und nun gab es vielleicht doch eine Chance. „Wie schön Anne, dass du die Zusage bekommen hast, gratuliere! Ich denke, die Arbeit wird dir liegen. Und Anne, eine Superidee, die mit dem Kollegen, danke."

Stefan holte eine Flasche Wein aus dem Regal, schaute Anne an: „Mindestens ein Grund zu feiern!" Anne guckte ihn verwirrt an: „Stefan, vergessen? Ich bin schwanger! Für mich keinen Alkohol. Aber du kannst von mir aus gerne einen Schluck trinken."

Drei Wochen später hatte Anne ihren ersten Tag in der Redaktion. Auch wenn sie als freie Mitarbeiterin nahezu ausschließlich zuhause ihre Artikel schreiben würde, so sollte sie sich doch zu Beginn einmal allen in der Redaktion vorstellen. Der nette Kollege- Axel – saß ebenfalls in der Runde und lächelte ihr zu.

Anne erhielt gleich einen ersten Auftrag. Sie sollte über die Situation in den Sammelunterkünften berichten, die für die vielen Flüchtlinge aus den Kriegs- und Krisengebieten – vor allem Syrien, Irak, Iran und Afghanistan- kurzfristig errichtet wurden. Der Landkreis bekam weit über tausend Flüchtlinge zugewiesen, sperrte die schulischen Turnhallen am Gymnasium am Wall sowie an den Berufsbildenden Schulen und stellte dort Feldbetten auf. Auch ein Containerdorf auf dem Parkplatz des Landkreises wurde aufgebaut. DRK und Johanniter übernahmen die Betreuung. „Ach, noch ein Tipp", rief ihr Axel zu, „besuche auch die ´Flüchtlingsoase` bei der Landeskirchlichen Gemeinschaft in der Georgstraße. In deren Sprachcafé wirst du viel über die Situation der Geflüchteten erfahren." „Danke für den Hinweis, Axel. Sag mal, hast du noch einen Moment Zeit?" Er nickte und zeigte mit seiner Hand auf sein Büro.

Bei einem Kaffee und ein paar Keksen bestätigte sich Annes Eindruck, Axel war sofort zu begeistern. „Da brauchen wir nicht bis zu meinem Urlaub im Sommer zu warten, Anne. Ich habe bei einer verrückten Aktion einen sympathischen Bernsteinsammler dort oben kennengelernt, Jens Lauridsen. Er arbeitet hauptberuflich im Museum, lebt schon lange in der Region, dem schreibe ich eine Mail!" „Oh, das wäre prima. Verrückte Aktion, was bedeutet das, Axel?"

Axel wartete mit einer besonderen Geschichte auf. Er und seine Frau wollten im Urlaub zuvor endlich mal in das Naturschutzgebiet Skallingen, nur wenige Kilometervon Blåvand entfernt. Als sie noch 2 km vom Parkplatz direkt an den Dünen entfernt waren, stellte eine überflutete Straße ein Hindernis dar. Ein Auto, das allerdings gerade auf dem Rückweg war, fuhr ohne Probleme durch die große Wasserlache. „Wir waren sehr vorsichtig. So habe ich mit dem Smartphone Ebbe und Flut für den Ort gegoogelt, die Flut war schon vor einer halben Stunde, also würde der Rückweg dann erst recht kein Problem darstellen," dachten wir und fuhren durch.

Nach einer wunderschönen zweistündigen Wanderung am Strand von Skallingen, bei der wir lediglich einen einzelnen Bernsteinsammler auf seinem alten Moped vorbeifahren sahen – bestimmt unerlaubt an dem Strand mitten im Naturschutzgebiet - standen wir mit dem Auto erneut an der überfluteten Stelle, nur leider war das Wasser noch erheblich gestiegen. Eine besondere Windrichtung und ein entsprechender Mondstand waren dafür verantwortlich, erfuhren wir später. Ich war mutig, besser gesagt leichtsinnig und wollte die Stelle durchqueren. Mittendrin verreckte der Motor, Salzwasser war durch den Luftfilter in den Motorblock eingedrungen, Kolbenfresser!" Anne wollte sich nicht anmerken lassen, dass sie den Begriff nicht kannte. „Und wie ging es dann weiter?"

Axel erzählte sehr anschaulich, dass er Schuhe und Strümpfe ausgezogen und den Wagen barfuß herausgeschoben hätte, „im Dezember, Anne, krebsrote Füße und eine riesige Anstrengung. Meine Frau hat am Steuer gelenkt." In dem Moment hätte der

Bernsteinsammler – Jens – mit seinem Moped und dem hochgelegenen Motor die Stelle problemlos durchquert und dann auf sie gewartet. Er hätte Hilfe angeboten, sein Auto geholt und sie zur nächsten Werkstatt gefahren. Nach der Untersuchung am nächsten Tag hätte der Werkstattleiter am Telefon gesagt: „Du kannst dein Auto ´wegsmeissen`, die Reparatur lohnt nicht mehr. Und selbst wenn wir einen Austauschmotor einbauen, dann rosten als nächstes die Lichtmassine, die Bremsen, die ganze Karosserie." So verlor ich meinen über 10 Jahre alten Opel-Kombi."

Anne registrierte mit einer gewissen Erleichterung, dass Axel eben seine Frau erwähnt hatte. Seine zugewandte Art war also auf seine generelle Empathie zurückzuführen und hatte keine anderen Absichten.

Zum Schluss erzählte Axel noch vom anschließenden Besuch bei Jens. Jens hatte sie im Ferienhaus abgeholt. Er wohnte in einem kleinen gemütlichen Haus am Tane Hedevej in Ho und präsentierte ihnen stolz seine Werkstatt mit vielen seiner gesammelten Objekte. Schon sein Vater hatte Bernstein gesammelt, erfuhren sie bei dem Besuch. Sehr begeistert war er auch, dass er an der neuen Konzeption des Tirpitz-Museums mitarbeiten durfte. Es sollte 2017 eröffnet werden. Hier würde u. a. eine Dauerausstellung „Gold der Westküste" entstehen - Fundstücke, älteste steinzeitliche Amulette bis hin zu den neuesten Meisterwerken aus Bernstein. Schmunzelnd ergänzte er: „In einem Film über Bernsteinsammler werde ich dort selbst zu sehen sein."

Bremen 1947 bis 1953

Hans und sein Onkel bildeten eine gut funktionierende Wohn-Gemeinschaft. Wenn Hans „vom Borgward" kam, saßen sie zusammen und diskutierten die Ereignisse des Tages, dabei entscheidende politische Weichenstellungen wie das Inkrafttreten der Bremer Landesverfassung im Oktober 1947 oder die Währungsreform im Juni 1948, die die drei westlichen Besatzungsmächte durchführten, eine entscheidende Voraussetzung für den wirtschaftlichen Wiederaufbau. Allerdings auch ein Schritt zur weiteren Spaltung Deutschlands, denn drei Tage danach führte die UdSSR in der Ostzone die DM-Ost ein. Der Marshall-Plan lieferte entscheidende Wiederaufbauhilfe durch die USA.

Am 1. Mai 1951 nahmen Hans und sein Onkel sogar an einer großen Kundgebung vor dem Parkhaus teil. Sie hatten zuhause intensive Diskussionen geführt, der Korea-Krieg bestärkte nämlich die Befürworter einer deutschen Wiederbewaffnung, die allmählich vorangetrieben wurde.

Aus Protest war Gustav Heinemann 1950 aus der ´Adenauer-CDU` aus- und als Innenminister zurück-getreten, um sich inhaltlich der Friedensbewegung anzuschließen. Und dieses Lager wollten Hans und sein Onkel nach den Erfahrungen im zweiten Weltkrieg unbedingt auch unterstützen.

Beide hatten allerdings auch ihre Freude an belangloseren Ereignissen, sie genossen mit 32000 weiteren Zuschauern im Weserstadion das erste Seifenkistenrennen. Über 200 Jungen hatten sich eigenhändig die kleinen Flitzer gebaut, die nach einem Start von der acht Meter hohen „Weserschanze" im Stadion eine Strecke von 150 Metern zurücklegen mussten. Die Begeisterung im Stadion war groß, vor allem, weil ein erst 11-jähriger Junge, Hermann Robbers, gewann. Hans als Autobauer bei Borgward fieberte besonders mit, er berechnete für den schnellsten Fahrer eine Geschwindigkeit von 35 km pro Stunde, was er großartig fand.

Die Seifenkisten-Autos erinnerten ihn stark an die gerade anlaufende Produktion des Lloyd-Kleinwagens in seinem Werk, im Volksmund liebevoll-spöttisch 'Leukoplastbomber` genannt. Für viele Bundesbürger war dieser preiswerte Wagen mit Zweitaktmotor und einer mit Kunstleder bezogenen Sperrholzkarosserie auf einem Holzrahmen der erste PKW, den sie sich leisten konnten. „Wer den Tod nicht scheut, fährt Lloyd", hörte man immer häufiger Menschen frotzeln angesichts des enormen Verkaufserfolgs dieses Autos.

Und auch der Fußball kam nicht zu kurz in den abendlichen Gesprächen der beiden. Es war der 1. April 1951, als sich die beiden Ortsrivalen Bremer SV und Werder Bremen vor 21000 Zuschauern mit einem 2:2 trennten und der FC St. Pauli auf dem mit 30000 Zuschauern überfüllten Millerntorplatz den Spitzen-reiter HSV mit 5:0 besiegte. Hans erzählte seinem Onkel an diesem Abend noch begeistert von den Fußballspielen im Lager Oksböl, bei denen er häufig im Sturm eingesetzt wurde und manches Tor schoss.

Blåvand 1947 bis 1953

Liv hatte den Schritt vollzogen, sie war aus dem Elternhaus ausgezogen. Sie hatte im Juni 1947 Arbeit als Krankenschwester im Sct. Joseph Hospital in Esbjerg gefunden und konnte sich die kleine Wohnung in der Nähe des Friedhofes Gormsgade mitten in der Stadt leisten. Es gab einige nette Arbeitskolleginnen, mit denen sie sich gelegentlich traf. An jedem zweiten Wochenende besuchte sie in der Regel ihre Eltern in Blåvand. Allerdings war bei ihr eine gewisse gefühlsmäßige Distanz vorhanden, besonders zu ihrer Mutter, die ihr keinen anderen Ausweg als die Adoptionsfreigabe ihres Babys gelassen hatte. Die Distanz blieb über Jahre und verlor sich nie mehr ganz.

An manchen Tagen überkam Liv eine grenzenlose Traurigkeit. Sie hatte keine Information, wo Jonna nun lebte, ob sich die neuen Eltern gut um sie kümmerten, wie sie sich überhaupt entwickelte.

Zu Weihnachten und in jedem Jahr zu ihrem Geburtstag nahm sie das kleine rosa Bändchen aus der Schatulle und breitete es auf der Kommode aus. Das Bändchen aus dem Krankenhaus war ihre einzige materielle Erinnerung an Jonna. Und auch Hans tauch-te immer wieder in ihren Gedanken auf. Sie wusste allerdings genau, dass sie ihn nicht in Bremen suchen würde. Eine geringe Hoffnung blieb, dass er sie eines Tages hier in Dänemark suchen würde. Vielleicht hatte er auch schon längst eine andere Frau gefunden. Sie selbst konnte sich nicht vorstellen, sich in naher Zukunft in einen anderen Mann zu verlieben.

Bei einem Besuch bei ihren Eltern im Januar 1949 erfuhr sie, dass nun nur noch 75 Flüchtlinge im Lager Oksböl lebten. Sie hatten die Aufgabe, das Lager vollständig zu demontieren. Von der kompletten Baracke über jeden einzelnen Ziegelstein bis hin zum Wasserhahn sollte alles abgebaut und zur Weiterverwendung bereitgestellt werden. Die Pferdeställe und Baracken wurden in ganz Dänemark verteilt und dienten nach dem Wiederaufbau als Schulen, Werkstätten oder Kindergärten. Der Mangel an Baumaterial war immer noch groß.

Ab Mai 1949 wurden in dem Lager dänische Militärdienstverweigerer zum Entfernen der Lagerstraßen und aller Fundamente einquartiert. Das gesamte Gelände von 250 ha sollte wiederaufgeforstet werden, das Theater sollte in einem Vorort von Kopenhagen als Kino wieder aufgebaut werden.

Auf dem im Mai 1945 angelegten Flüchtlingsfriedhof entstanden bis zur Auflösung des Lagers 1949 über 1200 Gräber. Die Hoffnung der im Lager Verstorbenen, jemals das Heimatland wiederzusehen, war in dänischer Erde begraben.

Ab 1949 begannen zwischen dänischen und deutschen Behörden Verhandlungen über die zukünftige Existenz und Pflege der Anlage. Dabei entstand die Idee, deutsche Jugendgruppen in den Ferien an der Pflege und Erhaltung des Friedhofes zu beteiligen, die Realisierung sollte sich aber bis zum Jahr 1953 hinziehen.

Juni 2016
Verden (Aller)

Anne gefiel ihre Arbeit bei der Zeitung außerordentlich. In manchen Momenten konnte sie sich sogar vorstellen, nach der Geburt des Kindes und einer einjährigen Elternzeit eine Ausbildung zur Redakteurin zu beginnen. Sie hatte schon einige Artikel geschrieben, die allesamt für gut befunden wurden.

Den niedersächsischen Bläserklassentag im Mai, der in Verden durchgeführt wurde, hatte sie beispielsweise hauptsächlich aus der Perspektive einer Schule, des Gymnasiums am Wall in Verden, beschrieben: „Das Eröffnungskonzert unter der Leitung von Frau Rabe auf der Bühne am Rathaus - nach der Begrüßung aller Teilnehmer und Gäste durch den Bürgermeister Lutz Brockmann - war ein Höhepunkt für die jungen Musikfreunde. Wöchentlich eine Stunde Instrumental- unterricht durch Lehrkräfte der Musikschule, regel- mäßiges Üben zuhause und fleißiges Proben in der Bläserklasse haben in erstaunlich kurzer Zeit zu hörenswerten Ergebnissen geführt. Damit aber dieser Samstag ein glücklicher Tag für alle werden konnte, war neben der Bereitschaft der Kinder auch die Unterstützung der Eltern und Lehrer erforderlich. (Tuba und Euphonium wiegen so einiges und müssen sicher transportiert werden.) Nach dem Eröffnungskonzert nutzten viele die Möglichkeit, der Bläserklasse 6b des Gymnasiums am Wall zuzuhören, die immerhin schon ein Jahr länger gemeinsam musiziert und mit Herrn Brunes witzigen Arrangements und unter dessen Leitung das Publikum ebenfalls begeistern konnte. Danach ging es zum GaW, wo der Schulverein und der Fit-Verein die Besucher und die Musiker beköstigten. Auch hier spielte die Musik, und weil es inzwischen sonnig und sehr warm war, gefiel die Pause im Schatten der großen Bäume des Schulhofs, denn für den Nachmittag wollten alle fit bleiben. Der Weg zum Parkgelände an der Aller und dem dortigen Freizeitangebot wurde für den Auftritt der Big-Band des GaW unter der Leitung von Frau Vogel und Herrn Alsleben gern unterbrochen und vielleicht träumte da so mancher Fünftklässler schon von seiner zukünftigen Mitarbeit in dieser Arbeitsgemeinschaft, die so „coole" Musik macht."

In einem anderen Artikel schrieb sie über den neuen „Brückenschlag". Die Stadt Verden wolle den Neubau der Eisenbahnbrücke über die Aller nutzen, um einen zusätzlichen Radweg an der Seite anzuhängen. Damit würde ein kürzerer Weg aus den ´Bergen-Dörfern` in die Stadt entstehen, eine Förderung aus Klimaschutz-Haushaltsmitteln würde einen Großteil der Kosten abdecken. Und für den Tourismus auf dem Aller-Leine-Radweg sicherlich auch eine Bereicherung.

Als Nächstes würde sie die lokalen Parteiprogramme unter die Lupe nehmen, auch Spitzenkandidaten zur Stadtratswahl im September zum Interview bitten. Es gab offensichtlich recht unterschiedliche Vorstellungen über die weitere Entwicklung von Wohngebieten, Radwegen und Klimaschutzmaßnahmen.

Anne und Stefan saßen gemeinsam mit dem Kollegen Axel und seiner Frau am Esstisch. Anne hatte die Idee, die beiden zum besseren Kennenlernen zum Abendessen einzuladen. Axel hatte zugesagt: „Dafür nehmen wir den Weg aus Bremen gerne in Kauf!"

Es wurde ein schöner Abend. Anne erzählte von ihrer Bachelorarbeit, in der sie der Frage nachging, inwieweit die Lebensreformbewegung in Deutschland ab 1900 als Vorläufer der grün-alternativen Bewegung in der Bundesrepublik gelten könne. Es entspann sich eine lebhafte Diskussion, denn Axels Frau hatte sich zufällig vor einiger Zeit intensiver mit dem ´Monte Verita` beschäftigt. Dort, am Hang des Berges in der Schweiz, hatten um 1900 pazifistisch ausgerichtete Aussteiger eine Gemeinschaft gebildet, auch ein Sanatorium nach vegetarischen Grundsätzen betrie-ben. Später hatte Axel noch Anekdoten aus der Redaktion geliefert. So gab es vor einigen Jahren eine Kollegin, die sich das Vorlesen von Kontaktanzeigen aus der ´ZEIT` zum Hobby gemacht hatte. Dabei gab es häufig etwas zum Schmunzeln.

Von seinem Bekannten in Blåvand hatte er eine erste Antwort erhalten. Jens schrieb, er hätte nicht nur Freude am Bernsteinsammeln, sondern auch an detektivischer Tätigkeit. Er würde sich gerne umhören und nachforschen, ob er etwas über Liv Christiansen in Erfahrung bringen könne und sich dann wieder melden.

Nachdem sich Axel und seine Frau verabschiedet hatten, rief Anne sofort Karsten in Eissel an. Diese Neuigkeit wollte sie ihm so rasch wie möglich mitteilen.

Juni 1953
Bremen

In der Frühstückspause erzählte Hans Kollege Gert länger von den ungewöhnlichen Plänen seines Sohnes für den Sommer. Hans fand Gert manchmal etwas zu geschwätzig, wurde aber sehr hellhörig, als er „Blåvand" hörte. Gerts Sohn wollte mit einer Gruppe aus seinem Gymnasium in den Sommerferien dorthin reisen, um zwei Wochen lang deutsche Kriegsgräber zu pflegen. „Vielleicht auch ein Weg zu weiterer Versöhnung mit unseren dänischen Nachbarn", kommentierte Gert das Anliegen, „da gab es ein Flüchtlingslager für Deutsche".

Hans hatte schnell in Erfahrung gebracht, dass er die Gruppe begleiten konnte, es wurde noch eine erwachsene männliche Begleitperson gesucht, die nicht unbedingt zur Schule gehören musste. Er konnte sich selbst keine genaue Rechenschaft ablegen, warum er dorthin wollte. Es waren über fünf Jahre vergangen, seit er das Lager Oksböl verlassen hatte. Aber er spürte es deutlich, er wollte dahin.

Vielleicht lag es auch daran, dass er nach fünf Jahren des Verschweigens vor zwei Monaten erstmals seinem Onkel von Liv und ihrer Liebe erzählt hatte. Sie hatten wieder zusammengesessen und sein Onkel hatte an dem Abend auf viele Erinnerungen an seine verstorbene Frau zurückgeblickt, ihre Liebe erschien in einem besonderen Licht. Plötzlich hatte Hans das tiefe Bedürfnis verspürt, endlich von Liv zu erzählen.

Juli 1953
Blåvand

Hans ließ seinen Blick über das Gelände des ehemaligen Flüchtlingslagers schweifen und wunderte sich. Etwa hundert junge dänische Männer schaufelten, wirbelten Staub auf, fuhren mit Schubkarren, beluden LKWs. Es waren schon eine Vielzahl an Baracken abgetragen, Lagerstraßen entfernt und Flächen wiederaufgeforstet worden.
Einige der Männer näherten sich ihrer Gruppe, sie würden nun gemeinsam mit den deutschen Jugendlichen an den Kriegsgräbern arbeiten.

Als das erste Wochenende kam, entschied Hans sich, das Elternhaus von Liv an der Straße zum Leuchtturm zu suchen. Er hatte zwar keinen Plan, was er dort machen sollte, wusste aber auch keine andere Möglichkeit, etwas über Liv zu erfahren.

Als er den Fyrvej entlang ging, hielt an der nächsten Haltestelle ein Bus. Zwei Frauen stiegen aus, beide etwa in seinem Alter. Hans stockte der Atem, er erkannte Liv sofort.

Die beiden Frauen gingen zügig in Richtung des Leuchtturms und schienen munter miteinander zu reden, lachten gelegentlich. An der übernächsten Seitenstraße verabschiedete sich die Freundin und Liv ging allein weiter. Ohne noch einen Moment nachzudenken, rannte Hans los und rief: „Liv!"

Liv wandte sich erschrocken um und blieb starr stehen. Fassungslos blickte sie den Mann an, der nur noch wenige Meter von ihr entfernt war und erneut laut „Liv" rief.

„Hans, Hans?", stammelte Liv.
Einen Moment schauten sie sich unsicher an. Im nächsten Moment spürte sie schon seine Umarmung und ihre Tränen waren keine gefrorenen Tränen.

Beide wussten nicht, wie sie mit ihrem Gespräch beginnen sollten. Liv schlug vor, zum Strand abzubiegen, sie wurde nicht genau zu dieser Zeit von den Eltern erwartet. Nach und nach begannen sie zu erzählen.
Am nächsten Tag trafen sie sich erneut am Strand. Es war ein schöner Sommertag. Und es wurde ein langer Spaziergang. Als Hans die Frage nicht mehr zurückhalten konnte, warum sie ihn damals so plötzlich verlassen hatte, brach Liv in Tränen aus.

Sie war kaum noch in der Lage zu sprechen. Hans umarmte sie fest, hielt sie an sich gedrückt. Plötzlich löste sich Liv und griff in ihre Jackentasche. Sie zog eine kleine Schatulle heraus und drückte sie Hans wortlos und immer noch schluchzend in die Hand. Darin lag ein kleines rosa Bändchen und Hans entdeckte den Namen ´Jonna`.

Liv hatte schon am Abend zuvor, als sie im Haus der Eltern im Bett lag, für sich den Entschluss gefasst, Hans die Wahrheit zu sagen. Sie war sich sicher: Nur so konnte eine gemeinsame Zukunft entstehen.

Hans war im ersten Moment völlig geschockt, stellte unzusammenhängende Fragen. Liv jedoch hatte sich etwas beruhigt und erzählte die gesamte Geschichte. Hans begriff allmählich, welche Qualen Liv durchlitten und auch, weshalb sie ihm gegenüber damals so reagiert hatte.

Eine Woche später etwa zur gleichen Zeit wartete Hans vor dem Leuchtturm auf Liv. Er hatte vorgeschla-gen, sie solle sich vom Leuchtturmwärter unter einem Vorwand den Schlüssel aushändigen lassen. Seine Begründung klang für Liv schlüssig. Hans wollte gerne einmal aus der Höhe auf die gesamte ehemalige Lagerfläche schauen.

Nachdem sie oben den Turm einmal umrundet hatten und am Ausblick auf das ehemalige Lager stehen blieben, ergriff Hans beide Hände von Liv und schaute ihr in die Augen. „Liv, kannst du dir vorstellen, mit mir nach Deutschland zu kommen? Ich wünsche mir nichts sehnlicher als eine Zukunft mit dir, mit dir als meiner Frau."

Livs zärtlicher und dann intensiver werdender Kuss war die Antwort. Hand in Hand stiegen sie die Treppen des Leuchtturms wieder herunter.

Teil II

Fliegt der Schnee mir ins Gesicht,
schüttl´ ich ihn herunter.
Wenn mein Herz im Busen spricht,
sing ich hell und munter.

Höre nicht, was es mir sagt,
habe keine Ohren;
fühle nicht, was es mir klagt,
Klagen ist für Toren.

Lustig in die Welt hinein
gegen Wind und Wetter!
Will kein Gott auf Erden sein,
sind wir selber Götter!

(´Mut` aus „*Die Winterreise*")

„*Alle Geschichten an die Oberfläche holen, aus den Ostfjorden und aus Keflavik, wie schlimm sie auch sein mögen, denn wenn wir uns nicht trauen, uns zu erinnern, uns zu stellen, wenn wir scheuen und zögern vor dem, was uns verletzt oder demütigt, dann sind wir erledigt. Oder mehr noch: Dann werden wir nie die Person, die zu werden wir geboren wurden.*"

(Jon Kalman Stefansson in „*Fische haben keine Beine*")

„Zeig her, Anne!" Stefan war sehr gespannt auf den Inhalt des Briefes, den Anne von Axel ausgehändigt bekommen hatte. Jens aus Blåvand hatte tatsächlich etwas über Liv Christiansen herausgefunden.

Lieber Axel,
Blåvand ist doch ein kleines Dorf, wenn man von den vielen Touristen absieht. Da wissen viele Einheimische etwas übereinander, ich brauchte allerdings einige Zeit mich umzuhören. Nun kurz zusammengefasst: Liv hat 1945/46 im Flüchtlingslager Oksböl als Krankenschwester gearbeitet. Danach zog sie etwa für ein Jahr zu ihrer Tante nach Kopenhagen, darüber habe ich wenig in Erfahrung bringen können. 1947 kam sie zurück und nahm eine Stelle in einem Krankenhaus in Esbjerg an.

1953 zog sie weg, sie wanderte aus nach Deutschland. Sie hatte einen Deutschen kennengelernt, Hans Seidel hieß der, konnte ich erfahren. Die beiden haben wohl schon Ende 1953 in Bremen geheiratet. Livs Eltern sind 1984 und 1987 verstorben. Liv und ihr Mann waren wohl nur selten zu Besuch in Blåvand, zu den Trauerfeiern waren sie aber jeweils hier. Und sie hatten einen erwachsenen Sohn dabei.

Ich hoffe, dass ich euch mit diesen Informationen helfen kann. Hoffentlich sehen wir uns bald mal wieder in Blåvand.

Beste Grüße aus Dänemark, Jens

Karsten war verblüfft, als er diese Neuigkeiten erfuhr. Damit hatte er gewiss nicht gerechnet, die leibliche Mutter von Marie-Luise, seiner großen Liebe, war 1953 nach Bremen ausgewandert.

„Anne, das lässt uns gute Chancen. Wir können versuchen herauszufinden, ob Liv und dieser Hans Seidel in Bremen geblieben sind, ob sie vielleicht sogar noch leben. Darüber musst du unbedingt auch Lou informieren und vielleicht möchte sie es ja auch ihrer Oma erzählen", hatte Karsten begeistert am Telefon geklungen.

„Warte Karsten, leg noch nicht auf. Mir gehen gerade zwei Fragen durch den Kopf. Jens schreibt von einem erwachsenen Sohn, also ist Liv nach der Adoptionsfreigabe von Marie-Luise bzw. Jonna doch noch Mutter geworden. Wir sollten auch versuchen, über diesen Sohn etwas herauszufinden. Und dann stellt sich mir die Frage, wie sie diesen Deutschen, den Hans Seidel, kennengelernt hat. Das wird spannend", beendete Anne das Gespräch lachend.

Eine Woche später setzten bei Anne die Wehen ein. Im Verdener Krankenhaus wurde ein gesundes 3630 g schweres Mädchen geboren. Anne und Stefan hatten sich schon vorher verständigt. Wenn es ein Mädchen werden würde, sollte es ´Jonna` heißen.

Ab 1953 in Bremen

Liv und Hans hatten ein kleines Bremer Haus im Steintorviertel gefunden. Kurz nach der Hochzeit, die sie im kleinen Rahmen mit einigen Arbeitskollegen von Hans sowie natürlich dem Onkel gefeiert hatten, konnten sie einziehen. Livs Eltern waren nicht zur Hochzeit gekommen.

Das schönste Geschenk bewahrte Liv im Stubenschrank auf. Hinter der Glasscheibe konnte sie es jeden Tag sehen. Hans hatte ihr eine Langspielplatte geschenkt, Dietrich Fischer-Dieskau mit Klaus Billing am Klavier, beide hatten ´Die Winterreise` 1948 an den Mikrofonen des RIAS in Berlin vertont. „Als Erinnerung an die Klänge aus der Oksböl-Baracke, die dich und damit mein Lebensglück 1945 vor meine Tür brachten", hatte Hans als Widmung hinzugefügt.

Später hatte er ihr noch erzählt, dass der Sänger Fischer-Dieskau bei der Aufnahme gerade 22 Jahre alt war und er nach der Erstausstrahlung im Rias-Rundfunk umgehend von der Deutschen Oper Berlin engagiert wurde, Grundlage für seine einsetzende Weltkarriere. Schon wenige Wochen nach der Hochzeit spürte Liv die Schwangerschaft. Sie hatte keine Sorge, Hans davon zu erzählen, sie wusste, wie sehr sich beide auf das gemeinsame Kind freuen würden.

Im Juni 1954 wurde an einem warmen Sommertag nachmittags um 15.40 Uhr Ole geboren, ihr Sonnenschein. Wenn Liv in das Bettchen schaute, schweiften gelegentlich ihre Gedanken ab. Dann befand sie sich wieder in Kopenhagen, sah Jonna neben sich liegen, fragte sich, wo sie nun wohl lebte, wie sie mit ihren sieben Jahren aussah, welche kindlichen Eigenarten sie haben mochte. Alle Fragen vergeblich.

Liv und Hans war andererseits bewusst, wie schön es war, nun doch noch ein gemeinsames Kind zu haben und im Leben begleiten zu können.

Am Ende des Jahres bekamen sie ihr erstes Auto, eine Borgward-Isabella, "mit 60 PS, 1500 Kubikzentimeter Hubraum und einer Höchstgeschwindigkeit von 135 km/h", hatte Hans stolz über das Fahrzeug aus seiner Produktion erzählt.

An manchen Sonntagen holten sie Hans Onkel zu einem kleinen Ausflug in die Umgebung ab oder sie saßen in ihrem Haus beim Mittagessen zusammen. Während Ole seinen Mittagsschlaf hielt, hatten die drei Erwachsenen häufig interessante Diskussionen, sie waren an den politischen Entwicklungen, aber auch am kulturellen Leben interessiert.

Wenn Liv tagsüber den Kinderwagen durch die Stadt schob, ging sie gerne durch das Schnoor-Viertel. Sie mochte die kleinen Häuser mit den Sprossenfenstern. Im Sommer konnte es passieren, dass kleine Kinder in Zinkbadewannen auf dem schmalen Bürgersteig planschten oder barfuss durch Pfützen tobten. Oder jemand in einem Hinterhof vor einem aufgehängten weißen Bettlaken posierte, um von einem Fotografen ein Passbild anfertigen zu lassen. Manchmal genoss sie den Ausblick über die Weser, an anderen Tagen ging sie über den Platz am Roland zurück. Sie erfreute sich an Oles lebhaftem Gebrabbel und den ersten verständlichen Worten aus dem Kinderwagen. Bremen wurde zur neuen Heimat.

Ole hatte einen guten Schlaf und so bot sich Hans Onkel an, an manchen Abenden auf ihn aufzupassen. Dann gingen Liv und Hans gerne ins Kino, sahen „Das fliegende Klassenzimmer", „Auf der Reeperbahn nachts um halb eins", „Die Caine war ihr Schicksal" oder auch „Emil und die Detektive".

Besonders beeindruckte sie James Dean in „...denn sie wussten nicht, was sie tun". Dieser US-Film thematisierte den aufbrechenden Generationen-konflikt, legere Kleidung, lässiges Gebaren, Nieten-hosen, karierte Hemden, mit Pomade frisierte Haare bei den Jugendlichen. Liv fragte nach dem Ende des Films beim Hinausgehen aus dem Kino: „Hans, was meinst du? Wird unser Ole in ein paar Jahren auch solch ein ´Halbstarken-Gebaren` an den Tag legen?"

Hans sah darin kein großes Problem: „Ach, selbst wenn, es gibt doch Schlimmeres. Und wir sind ja nicht die spießigsten Eltern." Liv hakte sich zufrieden bei ihrem Mann unter.

Zuhause angekommen verabschiedeten sie schnell den Onkel. Im Bett mussten sie sich bemühen, leise zu sein, ihr Begehren war nach wie vor groß.

Seltener gingen sie in klassische Konzerte, obwohl sie die Atmosphäre in der „Glocke", dem Bremer Konzerthaus an der Domsheide, sehr liebten.

Heftige Diskussionen, besonders zwischen Hans und seinem Onkel, ergaben sich immer, wenn die Rede auf Wilhelm Kaisen, den langjährigen Bürgermeister und Präsidenten des Senats, kam.

Sein Onkel verteidigte die Linie von Kaisen, auf ein breites Bündnis von Kaufleuten und Arbeiterschaft zu setzen. „Die Probleme in dieser Nachkriegszeit sind so groß, da müssen alle zusammenhalten. Ich finde es richtig, dass er am Bündnis mit CDU und FDP festhält!"

Hans erwiderte scharf: „Die Sozialdemokraten haben seit 1955 die absolute Mehrheit in der Bürgerschaft, da kann man mehr für die kleinen Leute und die Arbeiterschaft tun. Und wir sollten uns mehr gegen die Pläne der CDU/CSU-geführten Bundesregierung sperren, NATO-Beitritt, Aufbau der Bundeswehr und am Ende noch die Ausstattung der Bundeswehr mit Atomwaffen?" Im letzten Punkt stimmte sein Onkel ihm zu. „Nein, Atomwaffen unterstütze ich auch nicht. Das weißt du! Und bezüglich der Wiederbewaffnung war ich auch lange skeptisch. Ach, Hans, und vergiss nicht, es ist auf Kaisen zurückzuführen, dass die vielen Parzellenbewohner in ihren kleinen Gartenhäusern lebenslanges Wohnrecht bekommen haben."

Wenngleich Liv diese Diskussionen auch mit Interesse verfolgte, so sorgte sie doch meistens mit einer Tasse Kaffee für Entspannung zwischen den beiden.

An einem anderen Sonntag gerieten die beiden erneut in heftige Diskussionen, diesmal ging es um den Wohnungs- und Städtebau. Hans Onkel verteidigte die Pläne der SPD, zukünftig Hochhäuser zu bauen, er zitierte nach seiner Erinnerung eine Rede von Bürgermeister Kaisen, die er im Weser-Kurier nachgelesen hatte: „Wir müssen bedenken, dass wir nach dem Kriege nicht mehr als einzelne bauen konnten, sondern gemeinsam den Wiederaufbau in Angriff nehmen mussten. Deshalb finden wir im neuen Bremer Westen auch Hochhäuser, die der Ausdruck einer modernen Bauweise sind. Und das ist auch meine Meinung, Hans!"

Hans widersprach, er teilte diese neuen architektonischen Ideen überhaupt nicht: „Höchstens Reihenhäuser, die pro Haus eine eigene und eine Mietwohnung haben, dazu vielleicht noch eine Dachwohnung- also typische Bremer Häuser sollten wir bauen."

Besonders die Pläne für die ´Neue Vahr` als Großsiedlung mit breit angelegten Ein- und Ausfallstraßen aufgrund der Trennung von Wohnen und Arbeiten sorgten für Diskussionsstoff. Hans überlegte zum ersten Mal, ob er in die SPD eintreten sollte, um gegen diese seiner Meinung nach falsche Ausrichtung anzugehen. Sein Onkel hingegen vertei-digte vehement diese Pläne: „Moderne Wohnungen, eine schöne Küche, die Schule für die Kinder in der Nähe, Straßenbahnhaltestellen, sogar ein eigenes Heizwerk mit Fernwärme – das wollen die Menschen jetzt, Hans!"

Jonna war nun schon drei Monate alt. Und Karsten fühlte sich der jungen Familie sehr verbunden. Wenn er freitags zum Wochenmarkt nach Verden fuhr, schloss er häufig einen Besuch bei Anne an.

Sogar Lou war einmal aus Berlin angereist und hatte als Geschenk eine Kette mit Holzfiguren zum Anhängen im Kinderwagen mitgebracht. Jonna sollte die Figuren hin und her schaukeln sehen und vielleicht danach zu greifen versuchen. Und das hatte sie schnell begriffen.

Anne hatte in der Redaktion erklärt, dass sie nur noch wenige Artikel als freie Mitarbeiterin schreiben würde. Ihr fehlte schlichtweg die Zeit dazu. Man hatte ihr sogar ein Mitspracherecht bei der Auswahl der Veranstaltungen bzw. Themen eingeräumt.

Freude hatte ihr das Verfassen eines Artikels zu den Stadtratswahlen in diesem Monat gemacht. SPD und CDU lagen fast gleich auf, bekamen jeweils 13 Sitze. Die GRÜNEN folgten mit vier Sitzen, die FDP mit drei. Jeweils ein Sitz ging an die Piraten, DIE LINKE sowie an ALFA, die neue Partei des zwischenzeitlich aus der AFD ausgetretenen Gründers Bernd Lucke. (Kai Winter, der für ALFA in den Rat gewählt wurde, nahm dann allerdings nie an Sitzungen teil und wurde später ausgeschlossen.)
Anne hatte eine Analyse über die Hochburgen der Parteien erarbeitet und dann in den jeweiligen Stadtteilen auf der Straße Menschen auf ihr

Wahlverhalten angesprochen. Daraus ergab sich ein aufschlussreiches Bild. Die Redaktion hatte sogar Anrufe von einzelnen Lokalpolitikern bekommen, die diesen Ansatz zur Berichterstattung sehr interessant und sogar nützlich für ihre weitere politische Arbeit fanden.

Wenn Jonna mittags schlief, versuchte Anne jedoch weiterhin, Karstens Recherche zu Liv und Hans Seidel zu unterstützen. Das Ehepaar hatte kaum Spuren im Internet hinterlassen. Man konnte dem auch nicht entnehmen, ob sie noch am Leben waren.

Aber sie hatte herausgefunden, wie der Sohn der beiden hieß- Ole.

Ole Seidel, so hatte sie es dann im Internet weiter nachlesen können, war schon lange als stellvertretender Schulleiter an einem Gymnasium in Bremen tätig, dem 'Kippenberg'-Gymnasium in Schwachhausen.

Über die Homepage des Gymnasiums würde man doch vielleicht Kontakt zu ihm aufnehmen können.

Ab 1960 in Bremen

Ole wurde sechs Jahre alt und in der Grundschule an der Lessingstraße eingeschult. In der St.-Jürgen-Straße gab es einen Erweiterungsbau mit neuer Turnhalle, Aula und Werkraum. Das Hauptgebäude in der Lessingstraße zierte der Wahlspruch „Denke, was wahr ist. Fühle, was schön ist. Wolle, was gut ist."Hans und Liv hatten das Gefühl, dass Ole hier gut aufgehoben sein würde. Und tatsächlich erwies sich bald, dass Ole eine gute Auffassungsgabe hatte und mit zu den Leistungsbesten in seiner Klasse gehörte. Er ging gerne zur Schule.

Zuhause bereiteten Ole manche Gespräche Sorgen. Er tat beim Essen häufig so, als würde er gar nicht richtig zuhören, bekam aber doch alles mit. Sein Vater befürchtete, beim Borgward nicht mehr weiter arbeiten zu können. Besonders an einem Sonntag, als wieder einmal der Onkel seines Vaters zu Besuch war, ging es hoch her. Beide schienen in großer Sorge zu sein.

Zudem schien Hans immer aufgeregter zu werden. Er hielt dem Onkel eine Zeitschrift unter die Nase. „Hier, Gerhard, lies selbst. Alle Welt weiß jetzt um die Probleme von Borgward!" Gerhard nahm die Zeitschrift „DER SPIEGEL" in die Hand, es war die Ausgabe Nr. 51 zum Jahresende. Die Titelgeschichte „Der Bastler" war groß aufgemacht, der Bastler war Carl F.W. Borgward.

Tatsächlich kam die Pleite des Borgward-Werkes. Obwohl die Belegschaft 1960 noch aus knapp 20000 Mitarbeitern bestand, führten Borgwards kostenintensive Produktionsweise und die unökonomische Modellvielfalt sowie fehlende finanzielle Rücklagen in die Krise. Die Absätze gingen zurück, das neue Modell ´Arabella` wies viele Mängel auf und das Land Bremen sperrte zugesagte Stützkredite, das war das Ende.

Doch Hans hatte Glück. Die Firma Hanomag übernahm das Werk in Sebaldsbrück – später sollte er dann an gleicher Stelle bei Daimler-Benz in die Rente geschickt werden.

Nach den vielen Betriebsversammlungen in der Borgward-Krise und der Sorge um seinen Arbeitsplatz trat Hans tatsächlich 1961 in die SPD ein. Er hatte den Eindruck, dass in Bremen nichts ohne die SPD gehen würde, also musste er hier seine Interessen und Ansichten vertreten.

1968 Bremen

Ole kam mittags aufgeregt aus seinem Unterricht am ´Alten Gymnasium` nachhause. „Mama, heute kam unser Deutschlehrer in ganz anderer Stimmung als sonst in den Unterricht. Er begann die Stunde mit einem merkwürdigen Satz, er fragte uns, ob wir wüssten, dass die ´Bild-Zeitung` auf Rudi Dutschke geschossen hat?"

Liv fragte erstaunt nach und erfuhr dann von ihrem Sohn den weiteren Ablauf der Stunde. „Er erklärte uns, dass Dutschke ein Anführer der Studentenbewegung und auch gegen den Vietnamkrieg sei, viele Proteste organisiert. Und die ´Bild-Zeitung` hätte mit ihrer Berichterstattung dafür gesorgt, dass er ein Feindbild für viele geworden ist. Und einer fühlte sich berufen, auf ihn zu schießen…"

Liv erklärte ihrem Sohn, dass sie und sein Vater sich auch schon häufiger über die Demonstrationen der Studenten unterhalten hatten, der Lehrer mit seiner Einschätzung nicht völlig falsch liegen würde.

Ole schien verblüfft, so hatte er seine Eltern gar nicht eingeschätzt. In gewisser Weise war er stolz auf sie.

Im Rückblick würde er eines Tages erkennen, dass dieser Tag - kurz vor seinem 14. Geburtstag – als der Beginn seines politischen Denkens angesehen werden konnte. Die einige Monate zuvor im Januar stattgefundenen ´Straßenbahnunruhen` mit Sitzblockaden von nur ein paar Jahre älteren Schülern hatte er zwar an der

Ecke Sögestraße/ Am Wall gesehen, auch gehört, dass es Proteste gegen eine Preiserhöhung waren, aber den Kern dieser Revolte überhaupt nicht verstanden.

Weiter vorangetrieben wurde Oles politische Entwicklung, als seine Eltern an vielen Abenden Diskussionen über den Einmarsch der sowjetischen Truppen in die CSSR führten. Ole begriff, dass in der CSSR demokratische Reformen von der Regierung Dubcek eingeführt wurden, die dem russischen Verständnis überhaupt nicht entsprachen. Die Russen duldeten innerhalb des Warschauer Paktes keine solchen Abweichungen.

Wenn sie abends zu dritt Bilder dazu in der ´Tagesschau` sahen, erklärten ihm seine Eltern die Hintergründe in einer Weise, die er gut verstehen konnte. Hans erzählte gelegentlich sogar von den Diskussionen, die in seinem Ortsverein ´Altstadt` der SPD dazu geführt wurden.

Ab 1971 Bremen

Liv machte sich ernsthafte Sorgen um Hans. Sie spürte, dass er sich übernahm. Tagsüber die anstrengende Arbeit im Werk und an immer mehr Abenden die Teilnahme an politischen Versammlungen des SPD-Ortsvereins ´Altstadt`. Es war schon einige Zeit her, dass sie an einem Abend zusammen im Kino gesessen hatten oder bei einer Flasche Wein ohne anspruchsvolle Diskussionen gemütlich zusammen auf dem Sofa. Wenn sie Hans darauf ansprach, reagierte er zwar durchaus verständnisvoll, sie hatte keinerlei Anlass, an seiner Liebe zu zweifeln, doch gleichzeitig hob er die enorme Wichtigkeit der anstehenden politischen Entscheidungen hervor: „Liv, jetzt werden entscheidende Weichen für unsere Stadt gestellt. Auch wenn ich selbst Autos baue, so kann man doch nicht akzeptieren, dass unsere schöne Altstadt dem hindernisfreien Fluss des Autoverkehrs geopfert wird."

Liv hatte die vielen Diskussionen um die ´Mozarttrasse` im Weser-Kurier verfolgt. Auch sie war der Meinung, dass eine über 100 Meter breite Schneise für die Autos durch das Remberti- und Ostertorviertel verhindert werden sollte - und damit eine Vielzahl im Krieg wenig zerstörter alter Häuser gerettet und ersatzhalber geplante Hochhäuser verhindert. Doch ob Hans sich dafür so aufreiben musste, schien ihr fraglich. Wenn sie das andeutete, kam von ihm heftiger Widerspruch: „Der Ortsverein Altstadt ist der einzige in der SPD Bremen, der wirklich gegen diese wahnsinnige Planung vorgeht."

Ab 1973 in Bremen

Zwei Jahre heftige Diskussionen - nun wurden die Pläne zur ´Mozarttrasse` tatsächlich begraben.
Durch die Auseinandersetzungen waren allerdings einige SPD-Mitglieder ausgetreten und hatten sich zu einer „Grünen Liste" neu zusammengeschlossen.

Es war das Jahr 1973 und Hans feierte seinen 50. Geburtstag. Dies allerdings nur in einem kleinen Kreis, denn einige Wochen zuvor war sein geliebter Onkel Gerhard gestorben. Liv, Hans und Ole trauerten sehr um ihn, er war so viele Jahre ein fester Bestandteil der kleinen Familie gewesen. Und er wäre sicherlich stolz gewesen, den Studienbeginn von Ole mitzuerleben, von „seinem Ole", den er von klein auf mit betreut und seine Entwicklung in allen Lebensphasen bis zum Abitur begleitet hatte.

Ole hatte sich für die Fächer Mathematik und Physik im Lehramtsstudium an der 1971 neu gegründeten Bremer Universität eingeschrieben. Er hatte diese Absicht sogar noch mit seinem Onkel diskutieren können, denn die Pläne dazu reiften bei ihm schon vor dem Abitur.

Sein Onkel hatte den Berufswunsch Gymnasiallehrer sehr begrüßt, allerdings einige Einwände gegen die Bremer Uni geäußert, seiner Meinung nach eine ´Rote Kaderschmiede`, in der eine fundierte Ausbildung für ihn fraglich schien. Doch Hans und Liv hatten Ole unterstützt, sie fanden den Neuansatz engerer Verknüpfung von Theorie und Praxis gut. Ole musste sich ja nicht unbedingt einer der verschiedenen linken Gruppierungen anschließen, konnte sicherlich traditionell kommunistisch oder maoistisch ausgerichtete Studentenorganisationen meiden. Außerdem gab es sehr engagierte und fachlich versierte Professoren, nicht alle warfen mit den sogenannten Einheitsnoten um sich. So ähnlich hatte Ole auch Gerhard gegenüber argumentiert, ihn aber nicht wirklich überzeugen können.

Hans stimmte der Tod seines Onkels Gerhard sehr nachdenklich. Die Darmkrebserkrankung war zu spät festgestellt worden und innerhalb eines halben Jahres hatten sich Metastasen in der Leber gebildet, so gab es keine Chance für Gerhard. Hans und Liv hatten ihn in dieser Zeit sehr eng begleitet, in den letzten beiden Monaten sogar in ihrem Haus gepflegt. Das schien beiden selbstverständlich, denn sie waren ihm zu großem Dank verpflichtet.

Die Pflege und die Beobachtung, wie die Lebenskraft des Onkels immer weniger wurde, ließ die Familie wieder enger zusammenrücken. Hans gab zwar seine politischen Aktivitäten nicht auf, aber schränkte sie deutlich ein. Ihm wurde vor Augen geführt, wie wertvoll sein Leben mit Liv und dem gemeinsamen Sohn war.

Liv bemerkte das sehr schnell. Bei aller Trauer um Gerhard empfand sie es doch wunderbar, von Hans wieder mehr Bedeutung und auch häufiger wieder Zärtlichkeiten zu erfahren. Manchmal ergaben sich am Abend sogar Gespräche, in denen beide auf ihre wunderbare Zeit des Kennenlernens im Lager zurückblickten. Sie hatten ohnehin wieder mehr Zeit zu zweit, denn Ole war schon recht bald in eine Studenten-Wohngemeinschaft gezogen.

Wenige Tage nach seinem 50. Geburtstag reagierte Hans verblüfft auf einen Vorschlag von Liv: „Hans, sollten wir nicht auch mehr Sport machen? In unserem Alter ist es wichtig, etwas für die Fitness und Gesundheit zu tun!" Liv erzählte von einem längeren Beitrag über die ´Trimm Dich fit`-Aktion des Deutschen Sportbundes, den sie im Radio gehört hatte. „Wir sollten uns die ´Trimm-Spirale` schicken lassen, insgesamt sind auf der Karte 100 Felder, für 5 Minuten Dauerlauf, 15 Minuten Radfahren oder 60 Minuten Wandern oder Gartenarbeit kannst du jeweils ein Feld ankreuzen." „Wenn überhaupt, könnte ich mich nur für das Radfahren begeistern", erwiderte Hans zögerlich.

Doch Liv ließ nicht locker. „Ich kann mir gut vorstellen, morgens am Wochenende im Bürgerpark Dauerlauf zu machen. In der Zeit fährst du eine Tour mit dem Rad, hinterher gibt es leckeres Frühstück für uns beide!"

Sie merkten bald darauf, dass ihnen diese Aktivitäten gut taten. Ole reagierte erstaunt, als er davon erfuhr, war aber letztlich glücklich darüber, dass sich seine Eltern für neue Aktivitäten begeistern konnten.

Bisher hatte er ohnehin nur einen größeren Konflikt seiner Eltern miterlebt. Drei Jahre zuvor hatte Liv darauf bestanden, sich nun wieder eine Arbeit zu suchen.

„Ole ist 16 Jahre alt, geht seine eigenen Wege, was soll ich da nur zuhause sein, nur als Hausfrau tätig? Ich hätte schon viel eher wieder als Krankenschwester arbeiten sollen!"

Hans hielt das nicht für erforderlich, sein Gehalt reichte doch völlig aus und im Haushalt gab es einiges zu tun. Doch Liv setzte sich durch, arbeitete seitdem im St. Jürgen-Krankenhaus, in der Hess-Kinderklinik.

Nach einiger Zeit hatte Hans dann eingesehen, dass Liv eine eigene Aufgabe brauchte und es auch gut für sie war, Arbeitskolleginnen kennenzulernen, zwei wurden zu guten Freundinnen von ihr.

Ab 1974 in Bremen

„Liv, es ist schön zu sehen, wie gut gelaunt du meistens von der Arbeit aus dem Krankenhaus kommst. In den letzten Tagen wirkst du allerdings manchmal sehr müde. Wollen wir gemütlich eine Flasche Wein aufmachen?" Liv nickte. Doch Hans hatte sich den weiteren Verlauf des Abends ganz anders vorgestellt. Als sie schon einige Zeit auf dem Sofa zusammengesessen hatten, griff Liv nach der Hand von Hans.

„Hans, ich habe schon lange auf einen geeigneten Moment gewartet. Ich muss dir etwas sagen." Liv begann zunächst zögerlich, dann aber immer selbstsicherer, zu erzählen, dass ein Arzt auf ihrer Station seit mehreren Wochen häufig ihre Nähe suchte. Anfangs verwickelte er sie in Gespräche über die Arbeit und über einzelne Patienten, bald darauf begann er, persönlichere Dinge anzusprechen, auch die vor drei Monaten vollzogene Scheidung von seiner Frau.

„Zuerst empfand ich das als unangenehm, es erschien mir unpassend. Dann bekam ich Mitleid mit ihm. Aber das ist nicht alles: ich empfand immer mehr Sympathie für ihn. Wenn er erzählte, dann war er keinesfalls aufdringlich. Ich bekam immer mehr das Gefühl, dass er eine Gesprächspartnerin brauchte, jemanden, dem er sein Herz ausschütten konnte.

Es gab allerdings Momente, in denen ich das Gefühl bekam, dass er mich auch als Frau wahrnahm, mich sehr sympathisch fand. Vor zwei Wochen fragte er mich plötzlich, ob ich an einem Abend mit ihm Essen gehen würde." Hans atmete schneller: „Wie hast du reagiert?"

„Ach, Hans, erinnerst du den Freitag letzter Woche? Als ich dir erzählte, dass ich abends mit Hanne von meiner Station Essen gehen würde. Damit habe ich dich angelogen. Es war der Arzt." Hans spürte Wut und Enttäuschung in sich aufsteigen, biss sich auf die Lippen, um nicht zu heftig oder unüberlegt zu reagieren. Er stieß hervor: „Und dann…?"

Liv berichtete sehr ehrlich von ihren Gefühlen an dem Abend, erzählte von ihrem zunächst vorherrschenden schlechten Gewissen, dass sie Hans angelogen hatte, dann von der gelöster werdenden Atmosphäre. „Hans, ich habe teilweise seine Blicke genossen, mich als attraktive Frau gefühlt." Hans rückte etwas zur Seite, ihm wurde unbehaglich. Liv spürte das sofort, nahm wieder seine Hand: „Hans, es ist nichts passiert an dem Abend!"

Es ergab sich eine lange intensive Aussprache. Liv wurde dabei sehr deutlich: „Hans, nachdem dein Onkel Gerhard gestorben war, hast du dein politisches Engagement in der SPD etwas eingeschränkt, wir begannen mit sportlichen Aktivitäten und hatten wieder mehr gemeinsame Zeit, auch häufiger Zärtlichkeit. Doch in den letzten Monaten hast du dich wieder stärker zurückgezogen, bist gedanklich und auch tatsächlich mehr in deiner Welt unterwegs gewesen."

Hans musste feststellen, dass er sich offenbar schon einige Zeit nicht mehr ganz richtig auf Liv eingelassen hatte, ihr nicht die Aufmerksamkeit zukommen ließ, die zuvor all die Jahre in ihrem Zusammenleben selbstverständlich gewesen war. Er hatte nach der anfänglichen Skepsis zum aktiven Sport das Rennradfahren für sich entdeckt, fuhr an beiden Tagen des Wochenendes bis zu drei Stunden in der Bremer Umgebung und war danach nur noch in geringem Maße zu gemeinsamen Aktivitäten zu bewegen.

Liv drehte meistens sonntags ihre Laufrunden im Bürgerpark, die Welt schien für Hans in Ordnung. Er hatte die schleichend eintretende Entfremdung bzw. Unzufriedenheit von Liv mit dieser Situation gar nicht wahrgenommen.

Liv wiederum hatte sich ihre Unzufriedenheit erst richtig eingestanden, als sie spürte, dass sie das Interesse des Arztes nicht unberührt ließ. Sie war ihm zwar in den letzten Tagen nach dem Restaurantbesuch etwas reservierter begegnet, fühlte sich aber doch zu ihm hingezogen. All das konnte sie Hans an diesem Abend offenbaren. „Liv, ich möchte dich auf gar keinen Fall verlieren. Ich war mir so sicher, dass wir für das gesamte Leben zusammengehören, und denke das immer noch. Vielleicht habe ich es als zu selbstverständlich angenommen?"

Hans reagierte in den folgenden Wochen in einer Weise, die Liv sehr beeindruckte. Er hatte den Ernst der Situation erkannt. Ein Tag am Wochenende gehörte nun nur ihnen beiden, sie machten Wanderungen um den Werdersee, gingen mal ins Kino oder in ein Restaurant, nahmen sich länger Zeit füreinander zuhause.

Nach einem solchen Restaurantbesuch nahm Hans auf der Straße die Hand von Liv, atmete tief durch und fragte: „Und...- der Arzt?" Liv legte ihren Kopf in den Nacken, statt einer Antwort sagte sie: „Küss mich, dann spürst du, wen ich liebe."

Noch an diesem Abend fanden zu ihrer besonderen Zärtlichkeit zurück, die ihre gemeinsame Geschichte bis hierhin so sehr getragen hatte.

Ab 1975 in Bremen

Hans und Liv beobachteten mit einem gewissen Stolz die weitere Entwicklung von Ole. Er kam im Studium gut voran, erzielte gute Prüfungsergebnisse. Auch sein Engagement in der Anti-Atom-Bewegung begrüßten sie. Er schloss sich einer Bürgerinitiative in Bremen an, als 1976 die Pläne bekannt wurden, im 70 km entfernten Lichtenmoor in der Nähe von Rethem ein atomares Endlager zu bauen. Manchmal holte Hans sogar Flugblätter im Anti-Atom-Buchladen in der Nähe des Ostertorsteinwegs ab und brachte sie in die WG von Ole. Gelegentlich fuhr er auch mit ins Lichtenmoor, wo an Sonntagen auf dem ausgewählten Gelände eine Art Volkshochschule mit Vorträgen zur Atomphysik und zur Strahlenbelastung stattfanden.

Hans mochte die Atmosphäre dort in dem Zeltlager der Protestanten. Es versammelten sich an den Sonntagen neben Studenten und anderen jungen Leuten auch viele Bauern aus der Umgebung von Lichtenhorst. Und auch in den umliegenden Städten wie Verden, Nienburg, Achim bildeten sich Anti-Atom-Initiativgruppen, deren Mitglieder an den Wochenenden zum Gelände strömten. Letztlich erfolgreich, die Pläne für das Lichtenmoor wurden aufgegeben. Stattdessen verkündete der niedersächsische Ministerpräsident Ernst Albrecht im Februar 1977, dass der Ort Gorleben im Wendland der vorläufige Standort für ein ´Nukleares Entsorgungszentrum `werden sollte, mit einer Wiederaufarbeitungsanlage und einem Endlager für Atommüll.

Liv unterstützte diese Exkursionen von Hans und Ole, ganz selten fuhr sie sogar mit. So hatten Vater und Sohn häufig etwas Gemeinsames. Und Hans kam gut gelaunt nach Hause, viel entspannter als nach den Sitzungen seines SPD-Ortsvereins in irgendeiner Kneipe.

So war es nahezu selbstverständlich, dass sie nun den wachsenden Widerstand gegen die neuen Pläne in Gorleben unterstützten. Besonders Liv wies allerdings in zahlreichen Diskussionen zuhause darauf hin, dass von den Aktionen keine Gewalt ausgehen dürfte. Ole schien ihr da manchmal etwas gefährdet, wenn er von der polizeilichen Übermacht redete und von „legitimen Aktivitäten".

Ole hielt sein Referendariat in Bremen-Huchting ab, an einem Schulzentrum mit Gymnasialzweig. Die feste Stelle als Studienassessor bekam er zum 1. Februar 1981 am Gymnasium ´Am Barkhof`. Die Zeit zum Protestieren wurde in dieser Zeit knapper.

Das Hüttendorf ´Republik Freies Wendland` hatte Ole im Mai 1980 in der Gründung noch aktiv begleitet, selbst eine Hütte mit gebaut, die Räumung durch mehrere tausend Beamte von Bundesgrenzschutz und Polizei einen Monat später aber nicht miterlebt.

Liv und Hans waren darüber erleichtert. Die Szenen, die sie in der ´Tagesschau` dazu sahen, waren beängstigend. Sie hätten doch einige Sorgen um Ole gehabt, wenn er dabei gewesen wäre.

Am späten Abend des 28. Februars 1981
Bremen

Hans und Liv wollten gerade zu Bett gehen, als die Türklingel nachdrücklich gedrückt wurde. Ole stand aufgelöst vor der Tür. „Was ist denn los? Komm rein, Junge", winkte Hans ihn herein.

Ole erzählte aufgeregt und manchmal sogar etwas wirr, was gar nicht zu ihm passte. Er hatte sich trotz des anstrengenden ersten Monats im Schuldienst kurzfristig entschieden, an diesem Wochenende mit den von der Anti-Atom-Initiative Bremen organisierten Bussen zur Großdemonstration beim im Bau befindlichen Kernkraftwerk Brokdorf zu fahren. Seinen Eltern hatte er nichts davon erzählt, denn in diesem Falle hätten sie vielleicht versucht, ihn davon abzuhalten. Im Vorfeld deutete einiges darauf hin, dass es zu gewalttätigen Auseinandersetzungen zwischen Demonstranten und der Polizei kommen würde.

Entsprechend entsetzt reagierte Liv: „Ole, du weißt, wie sehr wir dein Engagement in dieser Sache unterstützen. Aber nach Brokdorf? Die Demonstration war doch sogar verboten!"

Ihr Entsetzen steigerte sich noch, als Ole lebhaft berichtete, wie die Busse bereits in Itzehoe gestoppt wurden, die meisten sich dann bei Eiseskälte und schneidendem Ostwind auf einen 15 km langen Fußmarsch durch die Wiesen bis zum Bauzaun des Kraftwerks aufmachten.

„Als wir ankamen, sahen wir hinter dem mit großen Stacheldrahtrollen abgesicherten Bauzaun Wasserwerfer hin und her fahren und über uns kreisten Polizeihubschrauber. Einzelne Demonstranten hingen am Zaun und versuchten, ihn mit Bolzenschneidern aufzutrennen, um auf das Gelände zu kommen. Der Strahl der Wasserwerfer war dermaßen hart, dass sie sofort vom Zaun herunterstürzten. Die Stimmung war sehr aufgeheizt."

Hans und Liv stritten fast bis Mitternacht mit ihrem Sohn. Er verteidigte seine Teilnahme an der Demo, er zeigte sogar ein wenig Sympathie für das Vorgehen der Demonstranten am Bauzaun. „Es waren fast Hunderttausend unterwegs, die meisten protestierten friedlich. Aber einige fühlten Ohnmacht und Unterlegenheit und wollten ein Zeichen setzen!"

Hans reagierte wütend: „Ein Zeichen? Wofür, wogegen? Man kann nur etwas erreichen, Ole, indem man Mehrheiten für seine Position bekommt. Viele in der Bevölkerung sind mittlerweile auch gegen die Nutzung der Atomenergie, haben die Risiken erkannt, auch die Gefährdung durch den Atommüll…. Aber mit solchen Gewaltaktionen schreckt ihr fast alle ab!" Liv stimmte Hans vollkommen zu und Ole wollte dann auch los. „Ich habe ja morgen früh wieder Unterricht!", verabschiedete er sich rasch.

Die Arbeit in der Schule nahm Ole immer stärker in Anspruch, neben dem Unterricht noch Elternabende, Konferenzen, Dienstbesprechungen. Die Vorbereitung des Unterrichts war ihm ebenfalls wichtig, Korrekturen von Klassenarbeiten und Klausuren erforderten zudem erheblich Zeit.

Und dann gab es noch Katrin, eine neue Kollegin, die gerade ihr Referendariat in Oldenburg absolviert und nun eine feste Stelle ´Am Barkhof´ bekommen hatte. Sie unterrichtete Englisch und Sport und bemerkte recht bald, dass ihr Kollege Ole in den Pausen häufiger ihre Nähe suchte. Sie hatte zwar in ihrer Schulzeit nie große Sympathien für die Fächer Mathematik und Physik gehabt, aber dafür konnte dieser Ole ja nichts. Er war ihr auf Anhieb sehr sympathisch. Und es dauerte nicht lange, bis sie ein Paar wurden. Als Ole sie erstmals an einem Sonntag zum Mittagessen zu seinen Eltern mitnahm, war er aufgeregt. Doch das legte sich bald, seine Eltern waren sehr einverstanden mit Katrin.

Im Jahr 1984 heirateten die beiden. Und noch im gleichen Jahr wurden Liv und Hans zum ersten Mal Großeltern, Stine wurde im Dezember geboren.

November 2016
Verden (Aller)

Anne rief laut: „Stefan, komm mal her, ich muss dir etwas zeigen!" Ole Seidel hatte tatsächlich auf die Mailanfrage geantwortet, die Anne über die Schulhomepage des ´Kippenberg`-Gymnasiums gestellt hatte.

Stefan schaute über Annes Schulter auf den Bildschirm des Laptops. Er überflog die Zeilen. „...und da Sie verständlicherweise nur andeuten, welche persönlichen Verbindungen zwischen Ihnen bzw. Herrn Wagner und meinen Eltern bestehen, bin ich sehr interessiert, Näheres zu erfahren. Ich möchte mich gerne mit Ihnen unterhalten.

Meine Eltern, Liv und Hans, leben tatsächlich noch. Sie sind für ihr Alter bei guter Gesundheit und ich besuche sie regelmäßig im betreuten Wohnen, mitten im Ostertorviertel. Ich denke, wir sollten telefonieren, per Mail wäre der Austausch zu unpersönlich. Und dann können wir sehen, ob wir ein Treffen einrichten, entweder erst bei mir oder gleich bei meinen Eltern."

Anne rief gleich am nächsten Tag bei Ole Seidel an.

April/Mai 1986
Bremen

Heftiger Regen setzte ein. Obwohl Ole schnell zum Sandkasten lief, war Stine vollkommen durchnässt. Sie streckte ihre Arme dem heraneilenden Papa entgegen. Ole nahm sie rasch auf den Arm und rannte ins Haus. „Stine, wir ziehen dir jetzt alle Sachen aus und dann ab in die Wanne." Stine freute sich darüber, Ole schaute allerdings besorgt zu Katrin rüber, die auch ins Bad kam.

Am 26. April war der Reaktor in Tschernobyl explodiert und hatte große Mengen radioaktiver Strahlung in die Atmosphäre abgegeben. Durch abregnende Wolken wurden in der Folge viele europäische Länder mit hohen Strahlungswerten überzogen.

In den Nachrichten wurden immer wieder Informationen dazu gebracht, u .a. gab es auch die Empfehlung, durchnässte Kleidung sofort in die Waschmaschine zu stecken, damit die radioaktiven Partikel ausgewaschen wurden. Auf den Kartons der ´Bremerland`-Milch befanden sich zur Orientierung sogar die Strahlungswerte des Liters Milch in Bequerel.

Ole fühlte sich in seinem jahrelangen Engagement gegen die Atomenergie sehr bestärkt.

November 1987
Blåvand und Ho

Der weiße Putz der Kirche von Ho und die vier großen Sprossenfenster mit den oberen Rundbögen reflek-tierten die schwachen Nachmittagsstrahlen der Sonne. Im charakteristischen Turm mit dem pyramidenförmigen Dach schlug die Glocke. Dann verdunkelte sich der Himmel und es setzte leichter Nieselregen ein. Die Trauergäste gingen in geordneter Reihe über den kleinen Friedhof in die Kirche; Liv, Hans und Ole an vorderster Stelle. Drei Jahre zuvor hatten sie hier Livs Vater beigesetzt, nun folgte die Mutter. Sie lebte in den letzten Jahren allein im Haus am Fyrvej und war überraschend an einem Herzinfarkt verstorben. Nachbarn hatten noch einen Rettungswagen gerufen, aber die Hilfe kam zu spät. Auch wenn Livs Verhältnis zu ihrer Mutter distanziert geblieben war, überkam sie doch eine tiefe Trauer. Sie war nun elternlos. Gut, dass Hans und Ole an ihrer Seite waren.

Katrin war mit den beiden Kindern zuhause geblieben, Geske, ihr zweites Kind, war schließlich gerade erst zwei Monate alt. Und Stine mit knapp drei Jahren hätte auch nichts von der Reise gehabt.

Liv, Hans und Ole reisten am Tag nach der Trauerfeier bereits wieder ab nach Bremen. Nicht nur, weil Ole zu seiner Familie wollte, auch Hans und Liv hatten keine Wurzeln mehr in Blåvand. Sie konnten nicht ahnen, dass beinahe zeitgleich in diesem Monat ihre gemeinsame Tochter Jonna bzw. Marie-Luise hunderte Kilometer entfernt in Ostberlin begraben wurde, gerade einmal 40 Jahre alt geworden.

1989/1990
Bremen

Aufwühlende Bilder im Fernsehen, der Fall der Mauer, viele Diskussionen, natürlich auch im SPD-Ortsverein von Hans- die friedliche Revolution in der DDR und der Prozess zur Wiedervereinigung beherrschten Politik und Gesellschaft in Deutschland. Während Ole und auch Katrin in den Familiendiskussionen eher eine skeptische Sichtweise vertraten - sie fürchteten, dass von Errungenschaften der DDR nichts übrigbleiben würde – freuten sich Hans und Liv sehr. „Endlich Freiheit für die Bevölkerung, und so schlecht sind unser System und unsere Demokratie nun wirklich nicht...", war der Tenor bei den beiden. Im Laufe des Jahres gab es immer wieder Anlässe für heftige Diskussionen im Familienkreis.

Und Hans kam ins Überlegen, ob er seine Heimat Ostpreußen unter diesen veränderten Bedingungen noch einmal besuchen sollte. Aber das wollte er nicht so bald entscheiden, er konnte die weitere Entwicklung erst einmal abwarten.

Juni 1992
Bremen

Hans staunte, vor Liv stand in einer Blumenvase eine kleine dänische Flagge auf dem Tisch. Bevor er dazu eine Frage an sie richten konnte, begann der Fernsehsprecher allerdings schon, die Aufstellung der deutschen Fußballnationalmannschaft vorzulesen. Es war der Tag des Endspiels bei der 9. Fußball-Europameisterschaft in Schweden, Deutschland gegen Dänemark. Hans als ehemaliger aktiver Fußballer, aber auch Liv, hatten die bisherigen Spiele aufmerksam verfolgt. Die Sympathien galten der deutschen Mannschaft, allerdings verfolgten sie auch mit viel Wohlwollen den Weg der dänischen Mannschaft bis ins Finale.

Die Dänen hatten sich ursprünglich gar nicht qualifiziert, aber da die jugoslawische Mannschaft aufgrund des Balkankonflikts kurzfristig vom Turnier ausgeschlossen wurde, waren zehn Tage vor dem Beginn sogar einzelne dänische Spieler aus ihrem Urlaub zurückgeholt worden. Ohne besondere Vorbereitung waren sie die Überraschungsmannschaft dieser EM geworden und standen nun im Finale gegen die favorisierten Deutschen, den Weltmeister von 1990. Als John Jensen in der 18. Minute die Führung für Dänemark erzielte, jubelte Liv und Hans guckte irritiert zu ihr herüber. Liv konnte offenbar ihre dänischen Wurzeln nicht komplett verdrängen. Hans Laune verschlechterte sich weiter, die Dänen gewannen das Finale mit 2:0. Eine halbe Stunde nach Spielschluss saßen Hans und Liv allerdings mit Bier und Salzstangen eng beieinander auf dem Sofa.

Sommer 1995
Blåvand

Erst im Sommer 1995 betraten sie wieder dänischen Boden. Ole hatte vorgeschlagen, dass Hans und Liv gemeinsam mit seiner Familie in den Sommerferien in Blåvand Urlaub machen könnten. „Die Enkelkinder würden sich auch sehr darüber freuen", hatte er hinzugefügt.

Das Ferienhaus lag am Hvidbjerg Strandvej in der weitläufigen Heidelandschaft, nah am langgestreckten weißkörnigen Strand von Blåvand. Stine, mittlerweile 10 Jahre alt und die siebenjährige Geske waren schon Tage zuvor aufgeregt und freuten sich auf die Ferien mit Oma und Opa.

Früh am Morgen gingen Liv und Hans mit den beiden zum Strand, Ole und Katrin durften noch etwas länger schlafen. Die beiden rannten der Brandung entgegen, lachten, riefen sich irgendetwas zu. Als sie das Meer erreichten, bremsten sie jedoch ab und sprangen nur nah am Strand in den Wellen herum.
Liv und Hans guckten ihnen zu, glückliche Großeltern.

Plötzlich griff Liv nach der Hand von Hans und drückte sie fest. „Hans, weißt du, dass ich mir vor fast 50 Jahren gewünscht habe, hier einmal mit dir entlangzulaufen, die ganze Strecke bis zum Leuchtturm. Aber von euch durfte ja niemand aus dem Lager und es hätte uns ohnehin niemand sehen dürfen, eine Dänin und ein Deutscher aus dem Lager..." Hans lächelte, zog Liv eng an sich. „Und wie gerne hätte ich das mitgemacht!"

Schmunzelnd fügte er hinzu: „Vielleicht hätten wir auch weiter entfernt noch ein kleines geschütztes Dünental nur für uns allein gefunden."

In der Ferne, vielleicht zwei Kilometer entfernt, erblickten sie die steinernen Maultiere. Liv hatte zuhause schon darüber einiges gelesen.

Der englische Künstler Bill Woodrow erschuf wenige Monate zuvor anlässlich des 50. Jahrestags von Dänemarks Befreiung diese Denkmale aus den alten Betonbunkern des ehemaligen Westwalls.

Je nachdem, wie Ebbe und Flut zusammenspielen, „reiten" die Maultiere entweder auf den Wellen im Wasser oder auf dem Sand dem Horizont über dem Meer entgegen. Die Blickrichtung wurde bewusst gewählt, um den Abzug des Kriegs-Dilemmas über Dänemark zu symbolisieren.

„Und ich habe Maultiere gewählt. Durch die Kreuzung von Eselhengst und Pferdestute entstehen Hybride, welche sich in der Regel nicht fortpflanzen können. So sollte der Krieg für immer ein Ende haben", hatte der Künstler im Interview erklärt.

Mit den Kindern wollten Liv und Hans aber nicht die Strecke bis dort laufen. Stine und Geske sollten Zeit zum Toben am Meer und in den Wellen haben, danach würde der Hunger alle vier ins Ferienhaus zum Frühstück zurücktreiben.

Es wurden wunderbare Ferien für Liv und Hans in der alten Heimat von Liv. Viele schöne Erinnerungen tauchten auf, schreckliche Ereignisse waren weitgehend verblasst. Auch Ole, Katrin und die Kinder konnten bestens vom Schulalltag abschalten. Meistens kochten sie gemeinsam am frühen Abend im Ferienhaus, saßen an einigen Abenden auch noch lange zusammen. Besonders Katrin war sehr interessiert an der Geschichte des Oksböl-Lagers und daran, wie sich die beiden kennengelernt hatten. Hans und Liv erzählten gerne davon. Katrin fragte insbesondere nach, als es um die Rolle von Schuberts ´Winterreise` ging. Sie kannte diesen Liederzyklus nicht und fand es spannend, ja sogar „romantisch", wie sie sagte, dass der Klang eines Grammophons damals Liv zur Baracke von Hans geführt hatte. Liv bemerkte, dass Katrins Fantasie die damaligen Umstände des Flüchtlingslagers offensichtlich vollkommen ausblendete, wollte aber die Stimmung nicht belasten und verschwieg ihre Gedanken dazu.

Von der Schwangerschaft und der Freigabe von Jonna zur Adoption erfuhr Katrin allerdings nichts, das sollte ein Geheimnis allein zwischen Liv und Hans bleiben. Sie hatten es in all den Jahren auch Ole nicht erzählt.

Dezember 2016
Verden (Aller) und Bremen

Von der Straße her
ein Posthorn klingt.
Was hat es, daß es
so hoch aufspringt,
mein Herz?

Die Post bringt keinen Brief für dich.
Was drängst du denn so wunderlich,
mein Herz?

Nun ja, die Post kommt
aus der Stadt,
wo ich ein liebes Liebchen hatt´,
mein Herz!

Willst wohl einmal hinüberseh´n
und fragen, wie es dort mag geh´n,
mein Herz?

(´Die Post` aus „Die Winterreise")

Stefan hatte sich extra einen Tag Urlaub genommen und schob die kleine Jonna im Kinderwagen durch die Fußgängerzone in Verden. Es war Markttag, es herrschten milde Temperaturen für diese Jahreszeit und Stefan hatte viel zu selten Gelegenheit, dort einmal einzukaufen. Er liebte es, über den Markt zu bummeln - entlang der alten Häuser bis zum Lugen-stein, Bio-Obst und Gemüse auszusuchen, am Käsestand beim

´Holländer` neue Sorten zu probieren, eventuell sogar Bekannte zu treffen. Anne hatte daran gedacht, etwas Milch aus ihrer Brust in ein Fläschchen abzupumpen, falls ihre Abwesenheit länger dauern sollte als ein paar Stunden.

Anne und Karsten befuhren die Autobahn Richtung Bremen, Karsten auf dem Beifahrerplatz wirkte nervös. Ole hatte sie nach zwei langen Telefonaten eingeladen, zu ihm zu kommen. Er hatte zwischen-zeitlich seine betagten Eltern bei einem Besuch darauf vorbereitet, dass er mit den beiden für einen ausführlichen Bericht ins Wohnheim kommen würde, hatte allerdings auch schon die dramatischen Neuigkeiten für die Eltern — und auch für sich selbst- zusammengefasst.

Seine Eltern hatten ihm die ganze Zeit verschwiegen, dass seine Mutter Jahre vor ihm eine Tochter geboren hatte, er unter völlig anderen Umständen eine Schwester hätte haben können.

Hans und Liv lebten im betreuten Wohnen im ´Haus im Viertel` in der Straße ´Auf den Kuhlen`. Trotz ihres Alters von 90 und 93 Jahren kamen sie dort noch gut zurecht. Ole hatte diese Wohnmöglichkeit für die beiden auf dem ehemaligen Gelände einer alten Brotfabrik im Steintor-Viertel gefunden. Das Konzept hatte Hans und Liv sofort angesprochen, durch die Ansiedlung eines Montessori-Kindergartens gab es sogar ein generationenübergreifendes Leben auf dem Gelände. Und sie konnten sogar noch kurze Spaziergänge in ihrer gewohnten Innenstadt.-umgebung machen.

Hans öffnete die Tür und lächelte freundlich. „Ole hat uns vorbereitet, kommen Sie herein!"

Nachdem alle Platz genommen hatten, schauten sich Liv und Hans an. Liv ergriff die Hand von Hans und begann: „Angesichts der sehr persönlichen Gründe für den Besuch schlage ich vor, dass wir uns duzen, also ich bin Liv, mein Mann ist Hans." Und nach einer kurzen Pause: „Aber das wisst ihr ja längst. Ihr seid uns schon so lange auf der Spur, wie ich hörte."

Anne stutzte kurz, war daraus ein Vorwurf zu entnehmen? Nein, die beiden schienen sich gedanklich gut vorbereitet zu haben und wirkten relativ entspannt. Anne fand das sehr erstaunlich. Die beiden hatten offenbar gemeinsam viele Schwie-rigkeiten in ihrem Leben bewältigt. Und sie waren offensichtlich sehr dankbar, nun überhaupt noch etwas über das Leben ihrer gemeinsamen Tochter Jonna erfahren zu können, die Hans als Vater nie gesehen und Liv als Mutter auch lediglich eine Woche im Wochenbett neben sich hatte. Danach gab es keine Spur mehr, keine Möglichkeit, irgendetwas über sie zu erfahren.

Bei Kaffee und ein paar Keksen kamen Karsten und Anne immer besser in den Redefluss. Hans und Liv fragten zwischendurch immer wieder nach Einzelheiten und das, obwohl sie gerade mal erst zwei Wochen Zeit gehabt hatten, die Information zu verarbeiten, dass ihnen jemand nun sehr viel über das Leben von Jonna erzählen konnte.

Karsten hatte damit begonnen, wie er mit Annes Hilfe nach und nach immer mehr Informationen herausbekommen hatte, erzählte von Lou und ihrer Mutter – der Schwester von Marie-Luise – und von Else, der Adoptivmutter von Marie-Luise bzw. Jonna. Natürlich auch von der Namensänderung nach der Adoption.

„Entscheidende Hilfe kam von Else. Ohne sie hätten wir keine Chance gehabt. Wie gut, dass sie sich uns offenbart hat, uns und ihrer Enkelin Lou. So kamen wir auf dich, Liv. In der Geburtsurkunde von Jonna stand dein Name und auch dein Geburtsort Blåvand. Allerdings keine Angabe zum Vater."

Hans und Karsten sahen sich an, Hans nickte eindeutig und sagte: „Ich habe es auch erst erfahren, als ich 1953 Liv in Blåvand aufsuchte und sie mir alles erzählte. Dafür bin ich ihr heute noch dankbar. So konnte ich ihre damalige Trennung, ihr plötzliches Verschwinden 1947 begreifen. Ach, diese Geschichte von uns könnt ihr ja gar nicht kennen..."

Hans erzählte vom Kennenlernen, von Livs Arbeit im Hospital des Lagers, von den heimlichen Treffen in seinem kleinen Zimmer in der Baracke. Dann unterbrach er plötzlich: „Aber, sagt mal, wie habt ihr uns beide aufgespürt?"

Anne erzählte von ihrem Redaktionskollegen und dem Freund Jens in Blåvand. Liv nickte, den Namen Lauridsen kannte sie. Nur wenige Meter vom Grab ihrer

Eltern in Ho entfernt lag das Familiengrab der Lauridsens.

Karsten schluckte, als er berichtete, wie sehr er Marie-Luise – also Jonna – geliebt hatte. Er erzählte vom Kennenlernen in Ostberlin, von Urlauben am Balaton, von ihrer Spontanität und von ihrem Lachen. Hans und Liv hielten sich fest an den Händen.

Als Karsten ein altes Foto aus seiner Tasche nahm, fingen Hans und Liv beinahe gleichzeitig an zu weinen. Mit zitternden Händen nahm Liv es entgegen. Es zeigte ihre Tochter im Jahr 1984, im Alter von 37 Jahren. Liv fuhr mit ihren Fingern langsam, beinahe mit zärtlichem Ausdruck, an den Linien des Gesichts entlang- so, als könnte sie irgendetwas nachholen. Hans, der sie nun fest im Arm hielt, brachte nur stockend hervor: „Wir hätten sie sehr geliebt." Auch Karsten und Anne hatten Tränen in den Augen, versuchten allerdings, sie zurückzuhalten.

Liv und Hans hatten sich nie ein Bild davon machen können, wie ihr Kind aussah - oder wie Jonna als Erwachsene aussah. Und Ole hatte schon bei seinem Besuch erzählt, dass sie 1987 auf der Flucht zu Karsten erschossen wurde. Es blieb eine ganze Zeit lang vollkommen still, Hans und Liv schauten noch lange auf das Foto.

Anne zögerte, doch plötzlich sagte sie geradeheraus: „Stefan und ich haben vor einem halben Jahr auch ein Kind bekommen, wir haben unserer Kleinen den

Namen ´Jonna` gegeben." Erneut flossen die Tränen bei Hans und Liv. Auch Ole schaute berührt zur Seite.

Nach schweigsamen Minuten fasste Liv sich zuerst: „Es wäre schön, die kleine Jonna einmal kennenzulernen. Aber nun müssen wir erstmal wieder für uns sein, das versteht ihr sicherlich." Sie verständigten sich auf einen baldigen weiteren Besuch. Ole wollte noch etwas bei seinen Eltern bleiben. Sie brauchten ihn jetzt.

Als Karsten und Anne zum Abschied schon in der Tür standen, fiel Liv etwas ein. „Wartet bitte noch einen Moment." Sie ging ins Wohnzimmer zurück und zog etwas aus einer Schublade. In der Tür hielt sie Anne ein kleines rosa Bändchen entgegen. Anne griff zögerlich zu, sah die Aufschrift ´Jonna Christiansen`. Sie hielt es lange in der Hand.

Karsten trat näher an Anne heran und berührte das Bändchen vorsichtig mit seinem Zeigefinger. Alle verharrten in Schweigen. Liv seufzte tief und stützte sich am Türrahmen ab, Hans stand eng hinter ihr. Als Anne es Liv zurückgab, konnte sie nun ihre Tränen nicht mehr zurückhalten.

Epilog

Einigen Leserinnen und Lesern werden die Protagonisten vom ´Eisseler See` bekannt vorkommen.

In meinem 2017 erschienenen Buch „**Aus dem Leben**" gibt es eine 25 Seiten umfassende Kurzgeschichte bzw. Erzählung „**Der alte Mann am See**". Darin werden Teile der Liebesgeschichte von Karsten und Marie-Luise in den Jahren von 1981 bis 1987 erzählt, allerdings aus einer anderen Perspektive beleuchtet.

Dieser Roman „**Der Klang des Grammophons**" steht vollkommen für sich und bettet Teile der oben erwähnten Erzählung in eine vollständige und neue Romanhandlung ein.

Möglicherweise möchten Sie die andere Perspektive auf Karsten, Marie-Luise, Anne, Lou und Stefan aus der Erzählung „**Der alte Mann am See**" noch kennen-lernen. Die Erzählung erscheint deshalb hier noch einmal ab Seite 147.

Wie schon bei meinem ersten Buch war **Heike Vullmer** auch bei diesem eine große Hilfe bei der technischen Realisierung, insbesondere bei der Gestaltung des Covers. Ein herzliches Dankeschön dafür.

Verwendete Materialien für „Der Klang des Grammophons"

Film „Tyske Flygtninge i Danmark" (40 Minuten), 1949
Produktion Palladium, Instruktör: Ole Berggreen
Link zum Film:
https://filmcentralen.dk/museum/danmark-paa-
film/film/tyske-flygtninge-i-danmark

„Truppenübungsplatz und Flüchtlingslager Oksböl – gestern, heute und morgen", verfasst von Godeke Klinge.

Ian Bostridge „Schuberts Winterreise – Lieder von Liebe und Schmerz", C. H. Beck Verlag, München 2015

DIE ZEIT Klassik-Edition, 20 große Interpreten in 20 Bänden, Band 17 Dietrich Fischer-Dieskau, Zeitverlag Hamburg 2006

Unveröffentlichtes Manuskript „Mein Leben" von Heinz Meyer, Verden, d. 30. April 1991

„Mein Bremen 1945 bis 1967, Teil 2
Weser-Kurier Mediengruppe, Bremer Tageszeitungen AG, Bremen, März 2021

Asmut Brückmann „Bremen - Geschichte einer Hansestadt", Edition Falkenberg, Bremen 2021

„Der alte Mann am See" aus Uwe Spannhake „Aus dem Leben – Erzählungen" BoD-Verlag Norderstedt, 2017

Der alte Mann am See

„Alle Geschichten an die Oberfläche holen, aus den Ostfjorden und aus Keflavik, wie schlimm sie auch sein mögen, denn wenn wir uns nicht trauen, uns zu erinnern, uns zu stellen, wenn wir scheuen und zögern vor dem, was uns verletzt oder demütigt, dann sind wir erledigt. Oder mehr noch: Dann werden wir nie die Person, die zu werden wir geboren wurden."

(Jon Kalman Stefansson in *„Fische haben keine Beine"*)

Die Sonnenstrahlen fielen durch das satte Grün der Blätter auf den Waldweg. Anne liebte die halbstündige Radtour am frühen Morgen zum See nach Eissel, am Friedhof in den Wald, den ´Brunnenweg` querend und dann am Rand der Dünen entlang, in Dauelsen am Sachsenhain vorbei und die letzten zwei Kilometer unter dem offenen Himmel der weiten Marschlandschaft.

Passenderweise hatte sie noch die Klaviertöne von ´en ny dag` im Kopf, ein Stück auf der ersten Solo-CD von Martin Tingvall, einer ihrer Lieblingspianisten. Wie war sie auf diesen ritualhaften Tagesbeginn gekommen? Sie erinnerte sich an eine Fotografie, fünf junge nackte Frauen, lachend, mit ihren Händen bildeten sie eine Kette am hohen Schilf entlang, Badende am Motzener See bei Berlin um 1919, die frühe Freikulturbewegung nach dem ersten Weltkrieg. Anne hatte diese Fotografie vor kurzem bei Recherchen zu ihrer

Bachelorarbeit gefunden, darin beschäftigte sie sich mit der Frage, inwieweit die Lebensreformbewegung in Deutschland ab 1900 als Vorläufer der grün-alternativen Bewegung in der Bundesrepublik gelten könne.

Als sie die Fotografie sah, kam ihr sofort die Idee, in der Zeit der Ausarbeitung jeden Morgen zum Schwimmen zu fahren, ein kleines Müsli, ein kurzer Blick in die Lokalzeitung und dann los mit dem Rad. Später dann ausgeglichen und konzentriert am Schreibtisch, das klappte gut. Am See fühlte sie sich häufig in die Zeit der Lebensreform zurückversetzt, unglaublich, dass die Verdener Innenstadt nur fünf km entfernt lag. Hohe Bäume und Sträucher umsäumten den schmalen langgezogenen See, gaben an einzelnen Stellen den Blick auf die Felder frei, wenige Wohnhäuser auf der anderen Seite des Sees, kleine Bootsstege, vereinzelt Holzboote, ein alter Bauwagen mit hochgebockten Rädern, daneben der Mast mit dem Storchennest, gelegentlich mal ein Angler, Stille, allenfalls das Rauschen des Windes in den Blättern. Häufig hatte sie den See für sich allein. Nackt schwimmen und das Wasser überall an der Haut spüren, dabei fühlte sie sich den fünf Frauen aus dem vorigen Jahrhundert verbunden.

Nach den gar nicht sommerlichen Temperaturen in der Nacht war das Wasser heute sehr kalt. Die Morgensonne hatte nicht die Kraft, das Wasser in Gänze zu erwärmen. Lediglich eine dünne Schicht unter der Oberfläche war schon etwas wärmer, aber sobald Anne kräftige Schwimmstöße ausführte, brodelte eiskaltes Wasser an ihrem Körper hoch, die Haut prickelte. Sie liebte das sportliche Schwimmen, kraulte eine Strecke, bis sie außer Atem war. Dann drehte sie sich, kraulte mit weit ausholenden langsameren Armbewegungen auf dem Rücken und blickte in den weiten Himmel. Dabei verfiel sie häufig in kurze Tagträume, stellte sich zum Beispiel vor, sie sei gerade irgendwo in Finnland in einem See, ihr Freund Stefan würde in der gemütlichen Blockhütte schon mit dem Frühstück und der heiß aufgeschäumten Milch im Kaffee auf sie warten.

Plötzlich hörte sie eine dunkle, fast heisere Stimme hinter den Büschen eines angrenzenden Grundstücks, ein wütender Ausruf: „Hier wird nicht nackt geschwommen!" Vor Schreck drehte sich Anne schnell wieder auf den Bauch und schwamm zügig weiter. Nachdem sie an der Spitze des Sees umgekehrt war, versuchte sie auf dem Rückweg einen Blick durch die Büsche zu werfen. Doch der Alte hatte sich offenbar schon verzogen. „Warum hatte er so aggressiv reagiert, was war mit dem? Oder einfach nur ein Spießbürger?" Sogar als sie auf dem Rückweg schon durch den Stadtwald radelte, ging ihr diese Szene nicht aus dem Kopf.

Beim Abendessen mit Stefan fiel ihr dieser Vorfall erneut ein, sie holte das Foto mit den fünf nackt badenden Frauen, knallte es auf den Küchentisch. „Sieh mal, Stefan, das trauten sich die Frauen 1919 und fast ein Jahrhundert später soll ich nicht nackt im Eisseler See schwimmen dürfen, weil es einem Alten in der Nachbarschaft nicht gefällt? Gut, es war eine

Minderheit damals, die erhöhten ihre Nacktheit als Ausdruck einer neuen Lebensweise, Lossagen von Zwängen, Hinwendung zu naturnahem Leben abseits der industriell ausgerichteten Städte..." „He, du regst dich ja richtig auf", unterbrach Stefan sie. „Mach mal halblang! Wer weiß, welch Probleme der Alte mit sich schleppt. Oder er war wütend auf sich selbst, weil er es nicht sein lassen konnte, dir auf den Busen zu schielen." Stefans Augen senkten sich ebenfalls. „Du, ich möchte ernsthaft mit dir darüber reden", fuhr sie ihn daraufhin an, musste aber doch ein wenig lächeln. Ja, das mochte sie an Stefan, er konnte seine Aufmerksamkeit schnell wieder herstellen. So ergab sich noch ein längeres Gespräch über ihre Bachelorarbeit.

Stefan lenkte ihren Blick darauf, dass manche Gurus der damaligen Freikörperbewegung sehr `völkisch´ argumentiert und den Nazis damit durchaus auch den Boden bereitet hatten. „Du hast doch selbst in einem Abschnitt geschrieben, dass dieser Erste-Weltkriegsoffizier und Nudist Hans Suren in seiner Schrift ´Der Mensch und die Sonne` eine Körper-Elite durch ´Deutsche Gymnastik` erreichen wollte."

Diesen Aspekt wollte sie möglicherweise stärker beachten, auch wenn sie der Überzeugung war, dass die freiheitlichen alternativen Strömungen prägender waren. Es gab doch ebenfalls einen zahlenmäßig stark ausgeprägten sozialistischen Strang. Die Frauen am Motzener See gehörten vermutlich zu dieser Ausrichtung, denn dort hatte ein Alfred Koch in der Weimarer Zeit unter dem Motto `Wir sind nackt und nennen uns du´ einen FKK-Verein gegründet, der die

´Befreiung des geschundenen Arbeiterkörpers durch Heil- und Ausgleichssport` zum Ziel hatte. Anne lächelte Stefan an, er lächelte zurück, Anne sprach es aus: „Wollen wir nicht auch an diesem schönen Sommerabend oben auf dem Bett bei weit geöffneten Fenstern ein Licht- und Luftbad nehmen?"

Karsten blickte gedankenversunken auf den Eisseler See, in dem sich noch die Abendsonne spiegelte, vielleicht sollte er tatsächlich diesen ´Kruso` mal lesen. Es war lange her, dass er ein Buch in die Hand genommen hatte, das sich in irgendeiner Form mit der DDR beschäftigte. Früher ja, aber dann, nachdem – nein, daran wollte er jetzt nicht denken – da hatte er das Lesen solcher Bücher komplett eingestellt. Sein Nachbar hatte ihm den ´Kruso` zum 75. Geburtstag geschenkt und darauf hingewiesen, dass der Buchpreis gerade an dieses Werk vergeben worden war. Sein Nachbar kannte seine Geschichte nicht.

„Welcher Buchpreis auch immer", dachte Karsten. Doch der Klappentext hatte ihn neugierig gemacht. Edgar Bendler, Ed, als Abwäscher im ´Klausner´ auf Hiddensee – der Insel, die die Schiffbrüchigen und auch die Intellektuellen der DDR anzog, Alexander Krusowitsch, `Kruso´, der eine besondere Gemein-schaft der Saisonarbeiter zu formen versuchte. Darüber hinaus die Geschichte einer außergewöhn-lichen Freundschaft. Er konnte sich jedoch nicht richtig konzentrieren. Seine Gedanken schweiften ab, erst in die Vergangenheit – es war nun 27 Jahre her – plötzlich das Bild vom Vormittag.

„Was dachte sich dieses Mädel dabei, hier nackt herumzuschwimmen? Nicht genug, dass sie seit Wochen jeden Morgen auftauchte, nun auch noch das. Hier trugen doch alle Badesachen. Vielleicht würde sie ja nach seinem wütenden Ausruf ab morgen wenigstens einen Badeanzug anhaben. Die ruhige klassische Musik vom CD-Player ermöglichte es ihm allmählich dann doch, dass er sich dem Lesen zuwenden konnte. Es wurde für ihn spät an diesem Abend.

Ein Brief von den Eltern. Anne öffnete ihn ungeduldig, ein Foto purzelte heraus. Sie sah einen vielleicht 20 oder 25 Jahre jungen Mann in einer Gruppe Gleichaltriger. Er hielt eine Mandoline, die Gruppe wanderte über einen Hügel. Wer sollte das sein? Anne drehte das Foto, erkannte die Handschrift der Mutter, sie hatte auf der Rückseite vermerkt: *„Dein Urgroßvater bei den Wandervögeln um 1925."* Im Brief dann eine Erklärung: *„Als wir neulich bei meiner Schwester zum Geburtstag waren, fragte sie nach deinem Studium und ob du wohl bald fertig würdest. Ich erzählte dann, dass du an deiner Abschlussarbeit sitzen würdest, auch etwas vom Thema der Arbeit. Da holte sie ein altes Album aus dem Wohnzimmer-schrank und zeigte mir Fotos von unseren Großeltern. Opa Paul war bei den Wandervögeln und sie meinte, das müsste dich vermutlich interessieren."* Soweit Anne wusste, war Paul kein Nationalsozialist geworden, hatte sich sogar in der Gewerkschaft für die Drucker und Schriftsetzer engagiert. Vielleicht konnte sie diesen Faden später wieder aufnehmen. Jetzt wollte sie jedoch unbedingt an ihrem Kapitel über den ´Monte Verita` weiter arbeiten.

Da gab es so viele Ansatzpunkte hinsichtlich der Verbindung zu den neuen sozialen Bewegungen. Damals, im Jahr 1900, hatten ökologisch und pazifistisch orientierte Aussteiger auf einem 3,5 ha großen Gelände am Hang des Monte Verita in der Schweiz eine Gemeinschaft von gleichberechtigten Genossen gegründet, um unter anderem ein Sanatorium nach vegetarischen Grundsätzen zu betreiben. Doch schon bald nach der Gründung gab es Streitereien, es gab ´Fundamentalisten` und ´Realos`. Die eine Gruppe lehnte technische Hilfsmittel ab, wollte in Zelten und Hütten nächtigen. Die bald alleinigen Eigentümer Henri Oedenkoven und Ida Hofmann, in ´freier Ehe` zusammenlebend, lehnten jedoch als strenge Vegetarier den Einsatz von Nutztieren vehement ab und setzten auf Fortschritte der Technik, auf Maschineneinsatz in der Landwirtschaft. Zum völligen Zerwürfnis kam es an der Frage, wie mit den Touristen, den Gaffern, umgegangen werden sollte. Die größte italienische Schifffahrtslinie auf dem Lago Maggiore bewarb den Besuch der Kolonie, besonders an Wochenenden überfluteten Besuchermassen den Hügel.

Oedenkoven war pragmatisch und sah darin eine Geldquelle, nahm zwei Franken Eintritt, stellte Postkarten von nackt arbeitenden Siedlern zum Verkauf. Daraufhin zogen sich die Fundamentalisten zurück und besiedelten ein anderes Gebiet in der Region. Dennoch kamen viele Intellektuelle zur Kur in das Sanatorium, unter ihnen Hermann Hesse, um etwas gegen seine depressiv-melancholischen Stimmungen und seinen starken Alkoholkonsum zu unternehmen, Erich Mühsam, der möglicherweise hoffte, hier Anhänger für seine anarchistischen Ansichten zu finden, August Bebel und andere Sozialdemokraten. Sogar die ´Käthe-Kruse-Puppen` wurden hier entworfen, als Käthe von ihrem Ehemann Max Kruse mit den beiden Kindern für einen Sommer hier abgesetzt wurde und nur sehr unregelmäßig Unterhalt von ihm bekam. Der Soziologe Max Weber genoss die Ruhe des Ortes, lehnte jedoch den ´Vegetarierfraß` entschieden ab. Sogar Lenin und Trotzki hatten die Kolonie besucht.

Sie hatte sich noch nicht entschieden, auf welche Aspekte sie sich in ihrer Arbeit konzentrieren wollte. Im Falle der Monte Verita-Kolonie sah sie zwei recht unterschiedliche Ansätze. Der Verrat der genossenschaftlichen Gründungsidee und die Auseinandersetzungen darüber oder doch eher die lebensreformerische Praxis mit den Licht- und Luftbädern, der Rohkostnahrung und den tänzerischen Ausdrucksformen unter freiem Himmel.

Am nächsten Morgen suchte Anne ihren Badeanzug. Sie hatte ihn tatsächlich lange nicht benutzt, er lag zerknüllt in der Schublade mit ihren Joggingsachen. Zögernd steckte sie ihn in ihre Badetasche. Nach dem langen Regen in der Nacht roch der Wald intensiv, feuchtes Moos, nasses Unterholz, benetzte grüne Blätter an den Bäumen. Anne sog die Luft tief ein. Das Bild der fünf nackt badenden Frauen tauchte wieder vor ihr auf. Sie hielten sich in einer langen Kette an den Händen, die erste stand schon bis zu den Knien im Wasser, zog die anderen, die in vorfreudiger Erwartung lachten. Nein, sie würde wieder nackt schwimmen, sollte der Alte doch denken, was er wollte. Dieses Gefühl würde sie sich nicht nehmen lassen. In der Nähe des Grundstücks des alten Mannes drehte sie sich in Bauchlage, ging zum Brustschwimmen über. Provozieren wollte sie ihn ja auch nicht, er sollte sie nur in Ruhe lassen. Doch heute war er anscheinend gar nicht zu Hause oder noch beim Frühstück, nichts regte sich hinter den Büschen. Anne ärgerte sich kurz, wie sehr der Alte ihre Gedanken beeinflusste, doch dann konnte sie sich wieder vollkommen dem Schwimmen widmen.

Beim Anblick der frühen Sonnenstrahlen fiel ihr ein, wie begeistert Stefan manchmal von seinen Rudertouren auf der Aller erzählte. Er hatte einen eigenen Bootshausschlüssel zum Vereinshaus des Rudervereins und konnte sich jederzeit alleine ein Boot nehmen. Er erzählte immer wieder begeistert vom Panorama auf der Aller, flussaufwärts hinter der Eisenbahnbrücke weitete sich die Landschaft. Und flussabwärts auf der rechten Seite die Altstadt mit den beinahe geduckt wirkenden alten Fischerhäusern, unter der kleinen Allerbrücke hindurch, auf der häufig Radler und Fußgänger passierten und dann auf der linken Seite die Pferde, die den Sommer auf den Allerwiesen verbringen durften. Bei diesen Gedanken hatte Anne kaum bemerkt, dass sie schon wieder am Ausgangspunkt ihrer Schwimmstrecke angekommen war. Sie trocknete sich rasch ab, zog sich den Trainingsanzug über und radelte wieder los.

Karsten wunderte sich über den Lichteinfall im Schlafzimmer, es musste später sein als sonst. Ein Blick zum Wecker, tatsächlich schon acht Uhr. Sonst wachte er nie nach sieben Uhr auf. Die Gedanken an ´Kruso` drängten sich in den Vordergrund, er hatte bis kurz nach Mitternacht gelesen. Wann hatte es das zuletzt gegeben? Er griff zum Nachttisch hinüber, suchte die Stelle, die ihm gestern die Tränen in die Augen getrieben hatte. *„Wenn Ed sich morgens aufsetzte in seinem Bett, sah er das Meer, das genügte für alles. Trotzdem trat dieses Glück nicht direkt mit ihm in Verbindung. Auf irgendeine Weise blieb es verschlossen... Es gab nur das goldene Licht...und dann, nach Sonnenuntergang, den langen Finger des Suchscheinwerfers, der über das Wasser tastete.... Tagsüber, bei guter Sicht, war Møn zu sehen, die Kreidefelsen von Møns Klint, die zum Königreich Dänemark gehörten."* Wie viele hatten dort wohl versucht zu fliehen? Wie viele hatten dabei ihr Leben gelassen?

Als Karsten aufstand, um das Schlafzimmerfenster zu schließen, sah er das junge Mädchen wieder im See schwimmen. Wie damals Marie-Luise im Balaton oder im Kleinen Müggelsee in den wenigen Urlaubswochen, in denen sie sich hatten sehen können. Marie-Luise — das Wasser war an ihrer nassen Haut abgeperlt und er hatte meistens schon das Handtuch bereitgehalten. Ihr Lächeln, Grübchen bildeten sich um Augen und ihren kleinen Mund, spitzbübisch, hingebungsvoll. Und an den Abenden hatten sie sich geliebt als gäbe es kein morgen. Wie lebte dieses junge Mädel wohl? Hatte sie einen Freund? Eine eigene Familie sicherlich noch nicht. Warum kam sie jeden Morgen zum Schwimmen her?

Ach, das ging ihn doch nichts an. Er ging in die Küche, nahm den Kaffeefilter aus dem Schrank, der vertraute Geruch beim Öffnen der Dose mit dem gemahlenen Kaffee, das Zischen des Wasserkessels, die Geborgenheit des Alltags. Später würde er sich an seinen Flügel setzen. Und am Abend würde er sich wieder mit ´Kruso` beschäftigen.

Stefan kam spät nach Hause, nahm Anne in den Arm: „Es war so ein heißer Tag. Fährst du ausnahmsweise mit mir jetzt noch einmal zum Eisseler See? Ich brauche dringend eine Abkühlung.“ „Gut, aber lass uns vorher wenigstens eine Scheibe Brot essen, ich habe schon großen Hunger.“ Als sie am See ankamen, zeigte Anne auf das nahe stehende Haus. Innen brannte Licht, offenbar der enge Kegel einer Leselampe. Es sah gemütlich aus. „Dort wohnt er, dieser merkwürdige Alte!“ Stefan bestand darauf, seine Badehose anzuziehen. „Ich will mich mit dem doch nicht auch noch anlegen“, schmunzelte er.

Anne sah Stefan zu, wie er rasch untertauchte, einige kräftige Züge schwamm, sich dann zu ihr umdrehte und mit den Armen wedelte: „Komm rein!“ Nach dem Schwimmen saßen sie auf der Bank, der einzigen, die bei der kleinen Badestelle vorhanden war. Die Köpfe aneinander gelegt blickten sie schweigend in den

Himmel. Plötzlich hörten sie ein leises Rascheln im hohen Gras. Freundlich tapsend trottete ein großer altdeutscher Schäferhund auf sie zu und blieb direkt vor der Bank aufmerksam sitzen, die Ohren gespitzt. Im Haus des Alten ging die Tür auf. „Komm her, Leo, bei Fuß!" Doch Leo rührte sich nicht vom Fleck. Der Alte kam über die Wiese. „Leo, was ist denn los, wo bist du denn?" Als er die beiden auf der Bank sah, stieß er kaum hörbar hervor: „Na wenigstens sind Sie jetzt angezogen!" Und verschwand mit seinem großen Schäferhund wieder in der einsetzenden Dunkelheit.

Karsten griff schon bald wieder zu seinem Buch. Die Gemeinschaft der vielen ´Esskaa`, die gesprochene Abkürzung für die Saisonkräfte, die auf Hiddensee in den Cafés, Restaurants und Hotels arbeiteten, faszinierte ihn. Er selbst war so vereinsamt, einsam geworden. Die ´Esskaa` trafen sich an den Wochenenden, feierten Weihnachten und Sonnenwendfeiern, Kruso schien so etwas wie der Anführer zu sein. Ed, der Protagonist, wurde von ihm in die Rituale eingeführt und in die Gesetze der Nächte, in denen Ed seine sexuelle Initiation erlebte. Ed philosophierte an vielen Stellen, eine traf Karsten sehr, ließ ihn in seinem Sessel fast zusammenzucken, er markierte sich die Stelle im Buch: *„Ed begriff, dass man das eigene Leben immerzu verteidigen musste, einerseits gegen das, was dauernd geschah, andererseits gegen sich selbst und die Lust, aufzugeben."*

Ja, so war es ihm nach dem Tod von Marie-Luise ergangen, unmittelbar und dann jahrelang. Er spürte, dass Tränen aufstiegen. So lange hatte er nicht mehr daran gedacht, nicht mehr daran denken wollen. Er warf das Buch auf das Sofa und ging zu Bett. Doch der Schlaf wollte nicht kommen. So viele Bilder, ihr zufälliges Zusammentreffen in Ostberlin, als er für einen Tag im ehemaligen Ostsektor herumbummelte, das zwangsumgetauschte restliche Geld im Restaurant ausgeben wollte und von ihr bedient wurde. Für ihn war es Liebe auf den ersten Blick. Und für sie wohl auch. Er kam am nächsten Tag schon wieder „rüber", von West- nach Ostberlin, sie trafen sich nach ihrem Dienstende am Alex, es fügte sich alles. Ein Vierteljahr später ihr erster Urlaub im Zelt am Balaton-See in Ungarn. Dahin konnte sie reisen. Als sie ihm ins Ohr flüsterte „so ein zärtlicher Liebhaber", gestand er, dass sie die erste Frau in seinem Leben war. Sie lachte auf, drückte sich fest an ihn. Er war gerade zweiundvierzig geworden. Und nach Marie-Luise hatte es auch nie wieder eine Frau in seinem Leben gegeben.

Anne hatte in den letzten Wochen gute Fortschritte in ihrer Arbeit gemacht. Dabei hatten ihr auch viele Diskussionen mit Stefan geholfen, teilweise abendelang bis in die Nacht. Stefan war politisch interessierter als sie, wusste manches über die Entwicklung der GRÜNEN seit der Gründung 1980, auch über die vermeintliche Basis der GRÜNEN in der Anti-Atombewegung und der Friedensbewegung. Er hatte offensichtlich teilweise richtig Spaß an den Diskussionen, nur gelegentlich maulte er plötzlich herum, ob es auch noch andere Themen in ihrer Beziehung gäbe. Spätestens dann wusste Anne, dass sie offenbar schon einige Abende ohne Zärtlichkeiten eingeschlafen waren.

Gestern Abend war Stefan eine Überraschung gelungen. Er hatte bei seinem Bioladeneinkauf einen ausliegenden Prospekt entdeckt, in dem ein ´Schwitzhütten-Wochenende – ein kraftvolles Reinigungs- und Heilungsritual für Körper, Geist und Seele` angekündigt war, im Seminarhaus ´Shiva Shakti` in Martfeld, etwa 25 km entfernt von Verden. Er hatte ihr den Flyer mit den Worten „Guck, deine Freunde sind nicht ausgestorben" in die Hand gedrückt, kurz darauf aber ernsthafter gefragt, ob diese Art den Lebensreformern wohl gefallen hätte.

Es war die Rede davon, dass gemeinsam eine Schwitzhütte gebaut werden solle, bestehend aus einem Gestell aus Weidenruten, mit Decken vollständig abgedeckt. Im Feuer würden Steine (Großväter, das älteste Volk) erhitzt, bis sie rot glühend ins Zentrum der Schwitzhütte gebracht würden. Dann ein Wasseraufguss, Hitze, Dunkelheit, Trommeln, traditionelle Lieder und Gebete. Die Zeremonie solle eine Rückverbindung mit der Natur, der eigenen Geschichte, den Ahnen und der persönlichen Vision ermöglichen. Man solle wieder eingehen in den Leib von Mutter Erde, um neu geboren zu werden.

„Oy, Oy, too much", hatte Anne gestöhnt und sich den Bauch vor Lachen gehalten. Erst einige Minuten später hatte sie Stefan erklären können, dass ihr das wie ein „esoterischer Gemischtwarenladen" erschiene. Sie hatten dann noch lange eng beieinander auf dem großen Sofa gelegen. Manchmal war es auch ganz ohne Reden schön miteinander. Und der Rotwein, den sie sich aus dem Urlaub im letzten Jahr aus der Toscana mitgebracht hatten, hatte auch geschmeckt.

Karsten haderte etwas: „Warum ausgerechnet dieses Buch, diese Geschichten von Hiddensee, diese Fluchtgedanken? Der Nachbar könne von seiner Lebensgeschichte wirklich nichts wissen, also purer Zufall." Karsten zweifelte, schwankte immer noch. Sollte er weiterlesen? Es wühlte so viele Erinnerungen auf, die er tief vergraben glaubte. Doch es trieb ihn Seite um Seite voran, und ab und zu musste er das Buch ablegen, die Gedanken machten sich selbständig.

Wie sehr hatten sie sich schon nach zwei Urlauben ihre gemeinsame Zukunft ausgemalt? Sollte sie einen Ausreiseantrag aus der DDR stellen? Ihr Vater war ein örtlicher Funktionär in der SED, würde es dann Probleme für ihn geben? Würde sie alle möglichen Sanktionen im Alltag zu spüren bekommen? Man kannte das hinlänglich. Die Zeit bis zur Bewilligung eines solchen Ausreiseantrages, wenn es denn überhaupt dazu kam, war beileibe kein Wunschkonzert. Doch andererseits die Träume, sich jeden Tag sehen zu können, den Alltag gemeinsam zu erleben und vielleicht noch eine Familie zu gründen. Schließlich war sie erst fünfunddreißig. Sie war nicht versessen auf den westlichen Lebensstil, sie war es gewohnt, mit kleinen Dingen im Alltag zufrieden zu sein. Aber sie war „versessen" auf Karsten. Wie lang war beiden immer die Zeit vorgekommen, bis sie sich endlich wieder in den Armen liegen konnten. Träume von der gemeinsamen Zukunft. Und dann war die Idee der Flucht entstanden.

Unglückseligerweise hatte Karsten auch noch auf den letzten Seiten des ´Kruso-Buches` den Epilog entdeckt, stieß dort auf die Erwähnung eines anderen Buches mit dem Titel ´Über die Ostsee in die Freiheit. Dramatische Fluchtgeschichten`. Darin erzählte ein dänischer Hafenmeister von ostdeutschen Flüchtlingen, die auf Møn gelandet waren: „Zerbrochene Jollen, zertrümmerte Faltboote ohne Besatzung. Von den Toten, die es vor Klintholm angeschwemmt hatte oder die in den Grundschleppnetzen der dänischen Fischer aus dem Wasser gezogen worden waren über die Jahre. Eine Statistik verzeichnete über 5600 Flüchtlinge, 913 davon erfolgreich, 4522 Festnahmen und mindestens 174 Todesopfer seit 1961, angeschwemmt zwischen Fehmarn, Rügen und Dänemark."

Warum hatte es Marie-Luise nicht geschafft? Warum endete ihre Flucht damals tödlich am Grenzzaun? Ihre gemeinsame große Liebe hätte es doch verdient gehabt.

Die Bilder der Trauerfeier 1987 kamen immer deutlicher hervor. Die Einreise in die DDR war damals schwierig gewesen, doch Karsten hatte die Formalitäten dafür erledigen können. Die Eltern von Marie-Luise hatten ihn mit Verachtung gestraft, ihre beinahe 10 Jahre jüngere Schwester ihm sogar vor die Füße gespuckt. Niemand hatte mit ihm gesprochen. Sie hatten ihn schuldig gesprochen. Schließlich hätte es ohne ihn keinen Fluchtversuch gegeben.

Doch dann kamen bei Karsten auch endlich wieder die schönen Bilder, auch die hatte er so lange verdrängt. Marie-Luise auf der Wiese mit Grashalm im Mund, ihn anlächelnd, ihre Augen, deren Blick ihn ihr auslieferten. Marie-Luise beim Tanzen, sich eng an ihn schmiegend. Marie-Luise, albern kichernd, wenn die Kugel Eis an der Waffel entlang tropfte und sie mit der Zunge wieder mal nicht schnell genug war. Marie-Luise auf dem Hotelbett, den Blick gebannt auf den Fernseher gerichtet und plötzlich zu ihm herüberblickend. Marie-Luise, wie sie aus der Dusche kam, mit einem Frotteetuch ummantelt und es plötzlich fallen ließ.

Anne sah beim Schwimmen den Alten oben am Fenster. Doch er schaute nur versonnen hinaus, zeigte keine Reaktion auf ihre Anwesenheit. Hatte er sich vielleicht an sie und an ihre Art des Schwimmens ohne Badeanzug gewöhnt? Als sie nach Hause radeln wollte, bemerkte sie, dass der hintere Reifen platt war. Das war ihr schon lange nicht mehr passiert. „So ein Mist", schoss es ihr durch den Kopf. Eine Luftpumpe oder gar Flickzeug hatte sie natürlich nicht dabei. Sie seufzte kurz auf und schob dann mit dem Rad los. Es würde ein weiter Weg werden. Stefan arbeitete, wen sollte sie sonst herbeirufen?

Als sie nach etwa einer halben Stunde auf dem Radweg schiebend den Ortseingang von Verden erreicht hatte, sah sie, dass ein Auto wendete, ein Passat-Kombi. Sie kannte niemanden mit einem schwarzen Passat-Kombi. Er hielt neben ihr, die spiegelnde Scheibe wurde heruntergelassen und sie blickte in das Gesicht des Alten. „Wie weit müssen Sie denn noch?", fragte er und bot an, das Rad hinten in den Kombi zu laden und sie nach Hause zu bringen. Anne war sehr verblüfft über dieses Hilfeangebot, nahm es aber gerne an. Zum Glück wusste sie nicht, wie sehr Karsten mit sich gehadert hatte, als er sie gesehen hatte. Anhalten, Fragen, Vorbeifahren? Was hatte er mit ihr zu tun? Und in irgendeiner Weise erinnerte sie ihn an Marie-Luise. War es nur das unbekümmerte Nacktschwimmen? Ansonsten hatte er sie ja kaum wahrgenommen.

Zunächst blieben beide während der Fahrt schweigsam. Glücklicherweise lief das Autoradio, er hörte anscheinend ´Deutschlandfunk Kultur` gerne. Sie erklärte ihm den Weg und fing dann zaghaft von sich an zu erzählen, von ihrer Arbeit und der Freude, jeden Morgen vor der Schreibtischarbeit zum Schwimmen zu fahren. Er sagte kaum etwas, fragte auch nicht nach, hörte aber aufmerksam zu. Zu Hause angekommen, bedankte sich Anne mit einem Lächeln und gab ihm zum Abschied die Hand. Stefan würde am Abend staunen.

Als Anne am nächsten Morgen aufwachte, fiel ihr ein, dass sie zunächst erstmal das Rad flicken musste. Da dann der Vormittag ohnehin schon angegriffen wäre, entschied sie, als Dank für den Alten einen Kuchen zu backen. Es waren noch viele Erdbeeren an den Pflanzen im Garten. Wie würde der Alte das aufnehmen? Ein wenig mürrisch hatte er die Fahrt über gewirkt oder war er nur Gespräche mit fremden Personen nicht mehr gewohnt?

Als sie am Nachmittag vor seiner Tür stand, wagte sie es kaum, den Klingelknopf zu drücken. `Wagner´ stand auf dem Briefkastenschild. Der Schäferhund schlug kurz an und wurde im Inneren des Hauses zurückgerufen. Anne versuchte es wieder mit ihrem Lächeln und der alte Mann bat sie tatsächlich herein. Er wirkte allerdings sichtlich überrascht und blickte erstaunt auf den Kuchen. Das Haus wirkte sehr gemütlich, ein alter `Bechstein´-Flügel stand in dem großen Raum, der anscheinend sein Wohnzimmer darstellte. Einige Bilder an den Wänden.

„Dann sollte ich jetzt wohl einen Tee oder Kaffee dazu anbieten", vernahm sie die Stimme des Alten. Anne wusste nicht so recht, ob das nun eine Einladung sein sollte. „Haben Sie denn heute schreibtischfreie Zeit am Nachmittag?", schob er hinterher, das schien ihr dann doch ein Angebot, für einen Moment zu bleiben.

Anne hätte sich nicht vorstellen können, dass es beinahe eine Stunde werden würde. Es hatte sich ein Gespräch ergeben und irgendwann hatte sie sich sogar getraut, nach seinen Lebensverhältnissen zu fragen. Sehr zögernd hatte er begonnen und auch bald wieder abgeblockt. Anne erfuhr jedoch, dass er nun schon über dreißig Jahre allein in diesem Haus lebte. Auf dem Rückweg ging ihr der Alte nicht aus dem Kopf. Ob er mal eine Frau gehabt hatte, war er verheiratet, Witwer, hatte er Kinder? Morgens hatte er offensichtlich nie Besuch, jedenfalls nicht in den letzten beiden Monaten. Außer dem Schäferhund und dem Alten hatte sie beim Schwimmen nie jemanden auf dem Grundstück gesehen.

Etwa zur gleichen Zeit saß die 26-jährige Lou in Berlin-Friedrichshain in ihrem ehemaligen Kinderzimmer, das sich ihre Mutter schon länger als Arbeitszimmer hergerichtet hatte, am PC und googelte. Sie hatte `Werden´ und danach `Verden´ eingegeben, weil sie die Handschrift nicht eindeutig lesen konnte, die Zeit hatte ihr Übriges dazu beigetragen, dass der Schriftzug auf der Rückseite des Fotos nicht mehr gut lesbar war. Lou hatte das Foto in einem Karton im Keller gefunden, als sie ihre alten Kindersachen aufräumen bzw. aussortieren wollte. Ganz offensichtlich hatte schon lange niemand diesen Karton angerührt, eine kleine Staubschicht zeugte davon. Der Karton trug im Gegensatz zu manch einem anderen in diesem Regal auch keine Aufschrift.

Lou hatte darin Unterlagen und Fotos ihrer Tante Marie-Luise gefunden. Eines hatte sie mit einem Mann am Kleinen Müggelsee in Ostberlin gezeigt. Beide hatten sehr glücklich gewirkt und in die Kamera gelächelt. Hatte das ihre Mutter aufgenommen oder ein Freund der beiden? Auf der Rückseite des Fotos hatte Lou den handschriftlichen Vermerk entdeckt. *„Karsten Wagener oder Wagner"*, las sie sich leise vor, darunter eine Adresse *„Seekante 12, 2810 Werden-Eissel oder Verden-Eissel"* und die vier Worte *„In Liebe, Dein Karsten".* Lou seufzte auf, bedauerte wieder einmal, dass sie ihre Tante hatte nicht kennenlernen können. Sie war zwei Jahre vor ihrer Geburt gestorben. Ein schrecklicher Verkehrsunfall, hatte ihre Mutter erzählt und gesagt, dass sie darüber nicht sprechen könne. Es wäre zu schmerzhaft. Sie hatte Lou jedoch vor langer Zeit erzählt, dass die Wahl ihres Namens eine gewisse Erinnerung an ihre Schwester Marie-Luise sein sollte. Was hatte Marie-Luise mit diesem Karsten zu tun? Von einem Freund, der offensichtlich aus Westdeutschland stammte, war nie die Rede gewesen.

Die Google-Suche ging schnell, Verden bei Bremen, das waren an die 350 km, eine gute Eisenbahnverbindung von Berlin über Hannover nach Verden. Sie hatte ihre letzten Semesterferien, bevor sie die Assistenzarztstelle an der Charité in Berlin antreten würde. Ihre Mutter würde wahrscheinich wieder nichts sagen, wahrscheinlich sogar heftig reagieren, wenn sie sie nach diesem Foto fragte. Sie musste von diesem Ausflug nach Verden ja erstmal nichts erzählen.

Schon am Tag darauf saß Lou im Zug nach Verden. Sie würde sich dort ein Hotel suchen und am nächsten Tag dann die Adresse in Eissel aufsuchen.

Der Besuch war nun schon etwas her, Karsten hatte aber noch einige Stucke von dem wirklich leckeren Erdbeerkuchen übrig behalten. Er machte sich einen schwarzen Tee, eine Ostfriesenmischung, zu der er noch etwas Earl Grey hinzugemischt hatte, setzte sich dann an den Tisch in der Stube. Leo legte sich zufrieden unter den Tisch vor seine Füße. Beim Blick auf den Erdbeerkuchen dachte er an das Mädchen, `Anne´ hatte sie schlicht gesagt, als sie ihm die Hand gegeben hatte. Ja, sie hatte etwas von Marie-Luise. Natürlich nicht im erblichen Sinne. Einzelne Gesten, ihre offene Gesprächsführung, das unbefangene Lächeln. Wäre eine gemeinsame Tochter so geworden? Solche

Gedanken hatte er sich in den letzten beiden Jahrzehnten nie zugestanden, doch jetzt mochte er sie nicht mehr verdrängen. Ja, ja, wie gerne hätte er Kinder gehabt, Kinder von Marie-Luise. Er hätte sie über alles geliebt. Er schluckte, konnte ein Weinen nicht verhindern. Nein, in diesem Alter wollte und würde er sich dem so schlimmen Verlust endlich stellen.

Lou hatte sich gleich nach dem Frühstück im Hotel ein Rad geliehen und den Weg nach Eissel erfragt. Es waren nur fünf oder sechs Kilometer und sie hatte große Lust, endlich mal wieder Fahrrad zu fahren. Als sie gegen zehn Uhr beim Ortschaftsschild vom Radweg in die kleine Nebenstraße einbog, dachte sie, dass die Straße ´Seekante` wohl einfach zu finden sein müsse. Als erstes sah sie den See und die ´Seekante` fing ebenfalls dort an, verlief parallel zum Ufer. Einen Moment noch am See sitzen und sich sammeln? Sie sah eine kleine Bank. Wie sollte sie das Gespräch mit dem unbekannten Mann beginnen?

In dem Moment kam eine junge Frau auf sie zu geschwommen, stieg aus dem Wasser und trocknete sich unbekümmert ab, guckte freundlich zu ihr herüber. „Hi, auch eine Runde schwimmen? Ich heiße übrigens Anne." Lou konnte sich hinterher auch nicht erklären, warum sie dieser Anne spontan so vertraut, warum sie ihr von ihrem Unterfangen erzählt hatte. Und dann hatte sich herausgestellt, dass Anne diesen Alten kannte. Sie hatte sich spontan angeboten, Lou zu dem Haus zu begleiten. Und er war natürlich vollkommen überrascht – Anne und noch ein Mädchen, was hatte das zu bedeuten? – dann aber beide hineingebeten. Sie saßen lange zusammen.

Am Abend stellte Anne eine Kerze auf den Tisch. Sie hatte einen Eisberg-Salat mit Tomaten, Thunfisch und Ei vorbereitet, einige Scheiben Roggenbrot, Butter und Käse hinzugestellt, eine Flasche Rotwein geöffnet. Hoffentlich würde Stefan bald kommen. Als sie den Schlüssel im Türschloss hörte, sprang sie hoch. Sie konnte es kaum erwarten, Stefan von den Abläufen am Vormittag zu erzählen, von dieser `irren Geschichte´, wie sie es nannte, von der großen Liebe, von dem missglückten Fluchtversuch Marie-Luises, dem schrecklichen Tod im Grenzstreifen bei Lüchow. Drei Jahre später kam die Wende, die Wiedervereinigung, und sie hätte einfach zu ihm ziehen können, Kinder kriegen, eine Familie gründen. Wer aber hätte das zu dem Zeitpunkt vorhergesehen? Und sie erzählte von dem Verschweigen und Verdrängen auf beiden Seiten: „Du glaubst es nicht! Lou hat nie erfahren, dass ihre Tante Marie-Luise bei der Flucht von Grenzsoldaten erschossen wurde. Stattdessen hatte sie von einem Verkehrsunfall gesprochen. Unglaublich!" Stefan kam aus dem Staunen nicht heraus: „Welch Dramatik in dem Leben des Alten!", rief er aus. Es wurde ein langer Abend.

Und sehr spät hatte Anne noch den Mut gefunden, ihr Gespräch auf die Frage zu lenken, ob sie eines Tages gemeinsame Kinder haben wollen würden, möglicherweise sogar schon nach Abschluss ihrer Bachelorarbeit. Stefan hatte daraufhin mit einem lieben zustimmenden Lächeln reagiert und sie fest in die Arme genommen.

Drei Tage später fand Anne eine Karte in ihrem Briefkasten, mit einem Blumenmotiv versehen. *„Anne, Sie wissen vielleicht gar nicht warum, aber ich glaube, ich habe Ihnen zu danken. Viele Grüße, Karsten Wagner aus Eissel"*

Anne murmelte leise mit einem Lächeln im Gesicht: „Danke gleichfalls!"